面对生活，请拈花微笑

凉月满天 ●著

山东人民出版社·济南

国家一级出版社 全国百佳图书出版单位

图书在版编目（CIP）数据

面对生活，请拈花微笑 / 凉月满天著. — 济南：
山东人民出版社, 2012.8（2023.4 重印）
（青春悦读·当代精美散文读本）
ISBN 978-7-209-06772-0

Ⅰ.①面… Ⅱ.①凉… Ⅲ.①散文集—中国—当代
Ⅳ.①I267

中国版本图书馆 CIP 数据核字(2012)第 203717 号

面对生活，请拈花微笑

凉月满天　著

山东出版集团
山东人民出版社出版发行
社　　址：济南市舜耕路517号　　邮编：250003
网　　址：http://www.sd－book.com.cn
市场部：(0531)82098027　82098028
新华书店经销
三河市华东印刷有限公司

规　格　32 开(145mm × 210mm)
印　张　9
字　数　100 千字
版　次　2012 年 9 月第 1 版
印　次　2023 年 4 月第 3 次
ISBN 978-7-209-06772-0
定　价　48.00元

如有质量问题，请与印刷厂调换。(010)57572860

目录
Contents

第一辑　瘦尽灯花又一宵 / 001

倾命之恋　　048

就当我们从来不认识　　044

忧伤的妖精　　040

爱情的消失不可逆转　　036

爱上你是我自己的事　　032

谁为谁真的地老天荒　　028

和青春说再见　　024

绣花巾　　021

你是我的，玫瑰花　　015

我是你的如花美眷　　010

我的父亲母亲　　006

姨公姨婆的爱情　　002

目　录
Contents

第二辑　如花美眷，似水流年 / 057

如花美眷，似水流年　058
绿了芭蕉　062
看这个世界红了樱桃，　065
纸回唐朝　069
天涯，最近最远的你　072
落叶满阶红不扫　076
北国看雪　079
卧听荒村风吹雨　082
青梅老　085
劫数与欢颜　089
东篱黄菊和酒栽　092
百花深处　097

青花瓷瓶绣花针　101
秋心艳　105
红裙妒杀石榴花

目录
Contents

第三辑 新茶夕照两醉人 / 109

新茶夕照两醉人　110
葱美人　113
色胆香心　117
温柔的蔬菜　121
食本味　126
咸菜快跑　132
醒目凉瓜　135
红嘴绿鹦哥　138
追忆甜蜜时光　141
萝卜菜籽结牡丹　148
一日吃尽洛阳花　151
西湖边，东坡肉　155
蘑菇溜哪路　158
槐食录　163

目 录
Contents

第四辑 谁也无法优雅地黑 / 167

谁也无法优雅地黑	168
小心难驶万年船	172
山有木兮木有枝	174
上当时代	177
恕我不能陪你轻狂	181
傲慢与偏见	185
走自己的路，让西瓜去说吧	189
你看你看标点的脸	193
普鲁斯特和马二先生	197
不可太用力	201
种瓜不为得瓜，为的是看花	205
请你拈花微笑	209

人心是容易吹落的花	213
箭在弦上，也可不发	217
惭愧也是一种德行	220

目　录
Contents

第五辑　给生活一张漂亮的脸 / 223

给生活一张漂亮的脸　224

黛玉错过了多少美　228

一辆花与一朵车　232

种一枝形而上学的桃花　238

小心跳进『妄自菲薄』的陷阱　242

先搬山，后摘花　246

我没有草原，但我有过一匹马　250

桂花的芬芳　254

翔　258

视死如欢　264

尘外佛如花　268

独一无二的花　273

过这样一种生活　277

第一辑

瘦尽灯花又一宵

什么叫爱啊？不用再问了。

剥开生活五光十色的外皮，越是平凡得像土坷垃的东西，越像蒙尘的钻石，备受打击，磨折如斯，才能显出它美如水晶、坚硬如铁的本质。

姨公姨婆的爱情

姨公姨婆是两个怪老人，亲夫妻明算账。姨婆养了一群鸡，下的蛋一个不吃，都攒在一个大肚坛子里。姨公要吃，得拿钱来买。

四十多年前，一乘旧红花轿（租来的）把姨婆抬进姨公的家。进门就当后妈。前姨婆去逝后留下三个孩子。姨婆和他们第一次见面时，这三个孩子一字排开，八岁、七岁、六岁，统统穿脏兮兮的衣裳，靠着墙根吮手指头。后妈不好当，拖家带口的日子不好过，一个又一个娃娃雨后春笋般冒出来，到最后八个孩子一字排开，天大的耐性也磨没了，于是姨婆开始变得怪僻，姨公也变得暴戾。

八个孩子要穿衣、要吃饭、要上学，姨婆越发抠抠搜搜，极尽节俭之能事。鸡蛋卖钱就是这时候的产物，穷困的日子极容易让人失去理智。

穷吵恶斗，家反宅乱，姨婆的夜半哭声一度是这个小镇的一景。声音由低到高，由幽微到尖锐，先是哭的妈，再是骂的姨公，然后就听到咚咚的声音，姨爹的拳头一边雨点一样落下，一边怒吼："半夜三更你他娘的嚎哪门子丧！"

有一度，我想着他们的日子准过不下去了，离了算了。谁知道到底是老年古代的人，硬是要得，把摇摇欲坠的婚姻维持了四十多年而不倒。四十多年的鸡声鹅斗，听也听惯了，乍一静下来，还真不习惯呢。

是真的静下来了。姨公开始变得不爱说话，看见谁都好脾气地嘻嘻笑。见到老三叫老四，见到老四叫老五。六表姐得急病死了，姨爹也哭："苦命的桂芝……"桂芝是二丫头，就在他身边，也正哭妹妹呢。他这一哭把大家哭楞了，全瞪着眼睛瞅他，他还在那里十分投入地悲痛。

老三凑到他跟前："爹，看看我是谁？"姨公抬眼看半天，一脸迷茫。六丫头下了葬，几个儿女就把他送到医院，检查结果是脑萎缩，就是老年痴呆。

得了脑萎缩的姨公整个人一天天呆下去，只知道坐着。渐渐的，他的世界里只剩下了一个人：香。他走到哪里叫到哪里：香，香，香……"香，我饿了。""香，我去厕所。"他一叫，就有一个人越众而出，或者应声而至。这个人，才是真正的香——我姨婆。

中秋节，我去看望他二老，表哥表姐们都在，团团围坐包饺子。姨公在一边坐着发呆，我问他好，他不理我。一会儿姨婆被邻居急匆匆叫走了，他一抬头不见她，开始不安地乱动，眼睛前后左右乱找。我们一边宽慰一边把他安顿在炕头上。

饺子出锅了，姨婆还没回来。大家先吃，我一抬眼看见姨公瞪着我，眼神里充满戒备，吓我一跳。表哥表姐赶忙劝："爹，这是小凤，你不记得了？小时候，她天天来呢！"看他放松下来，我才开吃，他急匆匆抓过一双筷子，也吃。谁知道那样老的人了，吃东西恁快！一会儿工夫两三碗就没了。我纳闷，一抬眼，姨公正鬼鬼祟祟瞪着我，一边搞小动作。他穿一件旧绿军大衣，在屋里也不肯脱，正偷着往胸袋和袖口里塞饺子，抓一个一塞，抓一个又一塞，我看得目瞪口呆。大表姐也发现了，拉他："爹，你干嘛？脏死了！"他力气挺大，把大表姐推一个趔趄。表哥说，算了别管他了。

正乱着，姨婆回来了，进门先问："老头子呢？吃饭了没？"姨公一见她，像小孩子见了妈，激动得两脚绊蒜，扑着迎接，把她拉到屋外，嘁嘁喳喳说小话。我们扒着门缝往外看，姨公从口袋里、袖口里、这里、那里，拿出一只只被挤扁、压烂的饺子，往姨婆嘴里塞："香，快吃，给你留的，他们快给吃光了……"

姨婆骂："死老头子，把衣裳弄这么脏，谁肯给我吃完，那不是还有好多。"一边骂着，一边声音就颤抖了。我的泪哗哗就下来了。其时我正经历着婚姻危机。感觉自己的婚姻太过平淡，十分不完美，实在搞不明白两个不相干的人生活在一起有什么意义。我和先生已经一个多月既没有同床也没有说话，把对方当空气，搞得我对白头偕老这个词十分地质疑。现在看来，所谓白头偕老，大概就是老了之后，还有人依恋、有人惦记、被人挚爱，有人在人潮汹涌里、意识模糊之际，还记得自己，藏饺子给自己吃吧。

现在姨公已经没了，弥留之际还是骨碌着两只大眼，莫名其妙看着一屋子人。只要姨婆到跟前，他就会笑，笑得很开心。我相信姨婆是他心上最后的印象、世上最紧要的爱恋。虽然已经混沌如婴儿，但对姨婆的爱将伴他上天入地。

姨公没的当天，男女小辈们白茫茫一片孝，都去送丧，按照风俗姨婆不能跟去。她本来坐在椅子上，神态平静地接受大家的安慰，一边说："他走了，我也就安生了。这个老东西子拖累得我好苦。他死了，我从今往后，串门子、走亲戚……"谁知道我们前脚出门，她后脚跟跟跄跄扑跪到院里，大哭："我那人啊！你扔下我不管，我那狠心的人啊……"满院子的白雪。

什么叫爱啊？不用再问了。世间种种，风生水起，有朝一日水落石出，只要肯相伴一生，就算没有玫瑰、香水、钻石，一饭一丝，吵架、哭泣、和解，都是爱情。

我的父亲母亲

　　我爹娶我娘过门的时候，都三十岁了，我娘才二十，是有点不大般配。而且我娘长得挺好看，俊脸弯眉，小红嘴儿。我爹黑，黑极了，嘴唇也厚。据说唇厚的人嘴笨，我觉得很有道理。我爹一辈子没有一口气说完过一句话，被我气急了只会这样："你你你……"

　　我爹不光嘴笨，还脾气慢。连年当选生产队长，一队人都在地头乘凉说闲话，他顶着烈日吭哧吭哧锄地，晴天一身土，雨天一身泥。回到家我娘正在炕上躺着呢，长一声短一声地骂：骂这些个瞎了眼的，吃柿子专拣软的捏；骂我爹不中用的，傻干呆干谁多给你记俩工分；骂自己哥嫂黑了心的，怎就给相了这门子亲事。骂得我爹魂都要飞了，一声不敢言语。

　　我知道她是不如意的。"嫁汉嫁汉，穿衣吃饭。"可是我爹这样老实得任人欺，我娘怎么能仗着他丰衣足食、扬眉吐气呢。

后来，不知道怎么，我娘的精神就有点恍惚起来了。没人的时候自哭自笑，经常半夜里不睡觉，眼睛睁得亮闪闪的，古怪地"嘿嘿嘿"，我的汗毛一根根全竖起来。我爹就也不睡了，眼睁睁守着她，坐以待旦。白天我娘情形好些，有时糊涂，有时清醒。清醒的时候也做饭也绣花，糊涂劲上来就到处乱串，随地乱躺，身上全是泥，头发上沾满草棍。我爹寸步不离地跟着她，拉她回家，她就把我爹抓得鲜血淋漓，有一次甚至抠下一块肉来。千哄万哄哄回来，安顿好，让我看着，我爹就从炕席底下摸出金贵的五毛钱，跑到集上给她买一碗饸饹端回来，要不就用一张老荷叶托几个小水煎包子来。饸饹上飘着油星，包子煎得焦黄油亮，喷香！

有时昏暗的煤油灯下，我娘高兴了就和我爹谈论生死："你看我，半病三七，算命的说我活不过五十五岁。你那么壮，又有根长寿眉，起码能活八九十。我死了你可以再找，不过我活着你得好好伺候我，别让我像村东头的巧女，瘫在炕上没人理，烂得屁股上的骨头都露出来。等我死了，你要是不愿意找就跟丫头过去，到那个时候，丫头也就成了家啦。你跟着她，也过几年清净日子。唉！"我娘叹一口气，"这么多年，难为你啦！"

我爹就嘿嘿笑，一边起身去挑灯芯，好像还用手背抹了一下眼睛。

我想，我爹嘴是够笨的，要是我，会说："瞎说什么！咱们都是要长命百岁的！"

当然也不过说说而已，长命百岁对谁都是不可能的。不过事情的发展也的确出乎我的意料。我爹一辈子强壮，六十多了还能往房上扛麦子，谁知道猛然间一夜醒来就得了半身不遂。

多年来一直是我爹唱主角，现在他成配角了，我娘开始挑梁唱大戏。所谓的配角，就是吃饭有人递碗，喝水有人送杯，穿衣裳也要有人给伸上胳膊和腿，是个不管事的皇帝。而所谓的主角，就是春种秋收，夏长冬藏，家里家外，买米磨面，交公粮，交电费，一应婚丧嫁娶，随份送礼……

我担心这种格局大变会让他们两个都不适应，尤其不适应的应该是我娘。受宠了一辈子、闲在了一辈子、愤怨了一辈子，现在头发都要白完了，竟然开始照顾地里、拾掇家里、侍奉一个半瘫的老头子，她可怎么受得了！

事实上，我的担心好像是多余的，我娘一下子就适应了这种角色转换。以前是我爹顿顿做给她吃，现在是她顿顿做给我爹吃；以前是我爹耕地种田收麦子，现在是她浇水、施肥、掰玉米……

我爹病倒已经两年有余，我娘竟然强壮起来，也开朗多了，笑起来哈哈的。不知不觉间她也已经过了六十岁，也不再探讨谁先死的问题了。有时候我爹会软弱得不像话，躺炕上掉眼泪，我娘就骂他："哭个什么！有我在，活也不用你来干，也饿不着你，也冻不着你，好好活你的就是！"

这次我过生日，说好了爹娘一起来的，结果我爹耍脾气，说我家楼高，不好上，说什么也不肯动身，让我娘自己来。搞得我娘也改主意了："不去就不去，咱俩谁也甭去了，我在家里给你做好东西吃。管保比他们在饭店吃得还好！"回头我娘在电话里跟我致歉说："丫头，别说娘狠心，你过生日我都不肯去。你爹这个样儿，有今个儿没明儿，能多陪他一天也是好的。他一辈子受罪，老来享点福也是应该的……"

我的眼睛有点湿。看过多少夫妻大难临头各自飞，也看过多少浪漫随着无尽的变数因风而逝，自以为对人性有了十分透彻的了解，看来我实在是低估了夫妻之间的合力和婚姻的抗倒伏能力。剥开生活五光十色的外皮，越是平凡得像土坷垃的东西，越像蒙尘的钻石，备受打击，磨折如斯，才能显出它美如水晶、坚硬如铁的本质。

我是你的如花美眷

我发现我家先生极其阴险。我减肥，立志不吃饭，他就在厨房里把锅碗瓢盆弄得叮当乱响；坐锅，放底油，舀一勺蜂蜜，放肉块进去滋啦滋啦翻动——上糖色，眼见得肉块变得金灿灿、红亮亮；土豆切丁，急火快攻，锅仔土豆烧牛肉完成。他端着盘子诱惑我："吃不吃？"我不说话，保持姿态，专心打字。他把我在转椅上旋转一圈，轱辘轱辘推出来，塞给我一碗米饭，我一边吃一边愤愤不平："你什么意思？都这样胖了，还让人家吃这么多！"他坏笑："就是要你胖，变成肥婆娘，没人来和我抢。"

昨晚他跟我算账，出语惊人："老婆，你需要五个老公：一个做饭；一个烧水；一个天天挣钱养家；一个带你跑东跑西；一个什么时候你不见了东西，一喊'老公'，我立马给你变出来。"说这话的时候，他正拿着我的发卡，不知道刚从哪个角落里掏出来的；拎着我的小皮包，不知怎么塞进沙发缝里了；一边还在衣柜里不停的乱翻，"明天 39 度的高温呢，不戴帽子怎么行"，他说。

我家先生是个粗人，却反常地比我细心，就这样维持家里的生态平衡。不过有一点让我心有不甘：我总感觉他生活在一种浅层次的快乐里，整天欢天喜地，津津有味于许多琐碎的事情。而我却天天都在凌空蹈虚，生活得不着边际。我说："唐诗宋词啰啰啰……"他就说："萝卜青菜咯咯咯……"于是，时常就有话说不着的寂寞。一想还有几十年这样的日子要过，烦也烦死了，真的，有时连死的心都有了。

换一种活法吧。两个人你说我懂，我说你懂，那是怎样一种美好的境界啊！说不定前面真有这样一个人等着我呢。我被这种海市蜃楼的前景迷住了，提出离婚。先生以为我开玩笑："离就离，离了，我找一个天天伺候我的，给我洗衣裳、做饭，我来当大爷。"一看我来真的就傻眼了："为什么？为什么！"我什么也不说，咬紧牙关保持沉默，生怕一开口就撒了火。他看我铁了心，一下子丢了魂。虽然照常上下班、接送孩子、买菜做饭，但是一句话不说，做上饭来也不吃。原来鼓鼓的小肚子迅速瘪下去、瘪下去。两颊塌陷，小眼睛变大，大而无神。深夜不睡，清晨即醒，睁着熬得通红的眼睛看我，一眨不眨，里面的忧伤深不可测——我快被淹死了。

看着看着我的心就软了——不能离了，再离他的命就没有了。也是，十年夫妻，我夫没错，怎么能说离就离呢！可是生活实在暗淡到无滋味，我有大迷惑不得解脱，不明白生命是怎么回事，活着又是为了什么，日日里拼抢争斗试问有一个什么好结果？中国禅文化的长久浸淫总是让人羡慕曹溪佛唱，追想前贤大德。一读到薛宝钗喜欢的那支《寄生草》："烟蓑雨笠卷单行，芒鞋破钵随缘化。"我也喜欢上了。

我一边整理行装一边跟他说我要出去走走，他问我去哪里，我满不在乎地说去五台山。"去那里做什么？""不干什么，去看看。""老婆，你是不是想出家？"我惊讶，原来"知妻莫如夫"这句话真不是白说的。"啊！"我说，"不是，先拜拜佛。""你想逃避我？反正你要去五台山出家，我就去五台山找你。""你！""可不是？你我尘缘未了，你去哪里出家，我就去哪里找你，直到他们把你交出来为止！"我气得没有话说。

他抓住我的手，两眼盯着我："你离开我，我真是没办法过。自杀呢，老人会受不了。就盼着街上有小偷，我一定奋不顾身去抓他，迎着他的刀子上，倒在血泊里。这样也就等同于自杀了，还能落个烈士的好名声。而且，我活着的时候，你总算还是我的老婆，我死了，你也就不被我束缚了。我知道你不甘心寂寞……"

我的泪哗哗流下来，原以为无人能懂，没想到还是他懂得。我说我有什么好啊，三十多岁，皱纹都有了，脾气又犟，性子也不好，整天乱嚷乱叫，连孩子都得让着我。

"天天欺负你，让你干活。我走了，你正好清净呢，另找一个，别再找读那么多书的，只要待你好，给你洗衣服、做饭、带孩子，你就享福了。"我越说越兴奋，手舞足蹈。

他不说话，蹲下身，把我不知道什么时候散开的鞋带一左一右交叉着系好，打个漂亮的蝴蝶结，拍拍我的脚："好了。"我低着头，惊奇地发现这个男人头上已经有了一星两星的白发。当年的少年郎呢？鲜红的毛衣、明亮的眼睛、雀跃的脚步和快乐的笑声什么时候一溜烟消失了？眼前分明是一位中年汉，举动温柔，眼神笃定，气味沧桑；我的眼睛也不再明亮，嘴唇也不再鲜红，当年的少女情怀翻成现在的胸怀冰冷，不知道什么时候越来越没有热情。老了，我们两个，都老了！

他两手搭着我的肩，望着我的眼睛："听我说，宝贝，哪怕再老、再胖，你也是我心中最美的女人。我不怕你乱嚷乱叫，愿意受你欺负，肯为你做一切事情。你离开我，我不知道你是不是挨饿，不知道东西丢了谁再帮你找，也不知道你半夜里胆小的时候，能往谁的怀里靠……我可怎么受得了！这个世界有那么多人为了崇高的理想在献身，不缺你一个，我却离了你不能过。你想知道这个世界怎么回事，不要紧的，我虽然文化不高，读的书不多，可是可以陪你一起慢慢变老，真相也许就藏在后面的岁月里呢。"

净宗八祖写过一篇《七笔勾》，把五色金章一笔勾，鱼水夫妻一笔勾，桂子兰孙一笔勾，富贵功名一笔勾，家舍田园一笔勾，盖世文章一笔勾，风月情怀一笔勾。我是个俗人，做不到把这个有情尘世和恩爱夫妻一笔勾销。罢了，既然你当我如花美眷，我就给你似水流年。

你是我的，玫瑰花

我的婆家舅妈年轻时是个大美人，"四里八乡，无人不晓"。也是我舅的冤孽，一时见到，青年男女，干柴烈火，一时一刻也掰不开。舅舅家那时家境殷实，他又眉清目朗，性情温良，多少女孩争抢着要嫁，他不肯，心里眼里只有这一个姑娘。

如愿以偿地娶了，下轿的时候，蒙着大红盖头，前面唢呐呜哩哇啦吹得热闹。偏偏新娘耳朵尖，听见人议论："嘻，原来是她！听说她在娘家打遍街骂遍巷，锁子这么好的人，怎娶这个搅家星？"她一听就炸了，盖头一撩，冲上去就是一把，抓人家个满脸花。吓得一院子人呆呆怔怔，都不知道该摆什么表情。

回过神来都兴高采烈，纷纷围拢来看锁子媳妇大闹天宫。她一看有人围观，更上劲，跳着脚乱蹦。舅舅死活拉住了，勉强拜堂成亲。结果白天新娘没打尽兴，晚上把气全撒到新郎官身上，不是，脸上。第二天起床，舅舅脸上挂着彩，当娘的肉痛心痛，坏脾气的父亲一拍桌子："趁还没过到一搭，离婚！"

舅舅咕咚就跪下了："爹、娘，饶她这一次，我会好好教她的，给她个机会吧。"

这可怎么教呢！本性如此。我这才理解了"四里八乡，无人不晓"的真正意思。紧跟着就过年，来一堆亲戚，七大姑八大姨，两大桌子人热热闹闹吃饭，别人和她说话，她涨红着脸不言语，突然，"嘣！"放一个惊天大屁，四座皆惊。公公的筷子都掉地上了，臊得脸通红，她就得意坏了，兴奋坏了，拍手打脚，哈哈大笑。

你看，那个时候疯倒是不疯的，就是狂一些，像我们通常形容的"二八"。现在不叫二八了，加了一八，叫"三八"。

虽然三八些，并不妨碍我舅舅爱得神魂颠倒。有什么办法呢？男女间的事，爱上了，你是电，你是光，你是唯一的神话。而且，要命的是，不光他的魂颠倒，整个家都颠倒过来啦。

当时正值 20 世纪 80 年代初期，开放搞活，有胆量的经商发了财。她看得眼热，鼓动舅舅贷了 3 万块钱，买一辆大卡车跑运输。20 多年前，3 万块大概顶现在 300 万吧。舅舅一辈子忠厚，不会看行市，只会跟风，高价买进，低价卖出，只赔不赚。到最后车也赔进去了，家过成了破布片，到处是窟窿。有车的时候她是风风光光的老板娘，每日衣履光鲜，大鱼大肉，气焰冲天，没车了又打回原形，天天又哭又骂，哭自己命歹，骂老公不才，哭够骂饱到油盐店里拎只鸡回来撕着吃。

七月流火，地里的玉米苗才巴掌大，正是打药的关键时刻。三伏天气，狗吐着舌头大喘气。正晌午，四下无人影，只有远远地一大片玉米田里一个黑点子缓慢移动，背着沉沉的药桶，是舅舅。打着打着不对劲，嗓子发腥，肚子绞疼，浑身火烧火燎，中毒了！农药的霸道大家都领教过，治虫子，使出的是治人的劲头。他踉踉跄跄往村里走，越走腿越沉，脸煞白，眼冒金星。邻居见了，赶紧搀住："锁子，咋啦这是？"他嘴唇乌青，浑身哆嗦着说不出话。邻居二话不说，背上他就要去卫生所，他不去，挣扎着拐进一条小胡同。

跟的人莫名其妙，看着他进了自己家门，也跟了进去。他扑到正吃鸡腿的舅妈跟前："娥子，我要是死了，你会不会、会不会想我？"舅妈斜他一眼："穷鬼！想你个屁！要死赶紧，别耽误我再找！"舅舅真听话，白眼一翻就不动了。跟的人一跺脚："嘻！你看你说的叫个什么话！"舅妈嘻一笑，眼珠子一转，开始卖弄风情："要不，咱俩过？"邻居闹个大红脸，呸一声，背上人就往卫生所跑。

千难万险拣回一条命，一家人围攻我舅舅：离婚吧，这样的女人，要不得。我舅舅低着头，只是反复说：是我不好，我不能叫她过好光景……

一个人愿望太强烈了，欲望和现实的反差就会人为地拉大。就是从那时候起，舅妈开始神经不正常，鬼鬼祟祟往城里跑，铁青着脸看别人吃鱼吃肉、住高楼大厦。一边绕着楼打转，一边眼睛喷火："这是我的，凭什么给你们住！"究竟何曾有一砖一石是她的呢？这个人，得臆想症了。

跑一次，找回来，再跑一次，再找回来，舅舅什么也不用干，整天惦记着找她了。终于有一天，跑丢了！

家里乱了套，别人还可，舅舅疯了一样不吃不睡，骑一辆破自行车在城里转来转去，一寸一寸地摸。累了就拿着舅妈年轻时的照片坐在路边发呆。照片上那个姑娘，真好看啊！长辫子，大眼睛，白皮肤，红嘴唇，"村里有个姑娘叫小芳……"在他眼里，她还是当初的那个妙龄少女，对他痴痴笑笑。

晚了，他就宿在我家。我叫他："舅，睡吧。"

"嗯。"

我说赶紧睡吧，12点了，明天还要找呢。

他不动："嗯。"

他屋里的灯一直亮着。"梨花月白三更天，啼血声声怨杜鹃，尽觉多情原是病，不关人事不成眠。"

半个月工夫，舅舅瘦成衣裳架子，面色苍黑，眼眶深陷。天可怜见，终于有了消息。派出所辗转打来电话，说人在黑河。她稀里糊涂登上去哈尔滨的列车，差一点就到边境了。听到这个消息，舅舅二话不说，直奔黑河！

再回来舅舅满面喜气，死拉着舅妈的手，宛如珍宝失而复得，舅妈却疯疯傻傻，转着眼珠嘻嘻地笑，得意地描述她的旅行：我上了车，好多人围着我看，还给我面包……

眼见得这个人意识一天天陷入越来越深的浑沌，平生无神论的舅舅什么法子都试过：半夜里招魂，杀大公鸡祭她身上跟着的狐狸精，结果越看越重，越看越疯。今年回村里拜年，她把我孩子吓哭了。这个 50 岁的女人，正系着一条大花裙子，穿着大红棉拖鞋，在院里吱吱呀呀地唱戏。花白的头发，纵横的皱纹，搭配上扭扭捏捏的身段和妖妖娆娆的兰花指，真吓人！

舅舅紧跟着出来，把她柔声哄劝到屋里，再来陪我们说话。他已经 50 多岁，给私企老板打小工，每天工作 12 个小时，扛沉沉的麻包，搬带着毛刺的木条。有一次上面的铁块直砸下来，正砸到他们手掌上，顿时血流如注。养好伤又回去了，没办法，家里需要钱，看病、吃药，养疯老婆……

招待我们吃过饭，我们告辞，舅舅拉着自己的女人也出门散步去了——舅妈一心要当城里人，他就给她城里人的生活。

到现在我嫁给先生也已经十几年，始终以一个旁观者的身份看这对夫妻缓缓走在光阴里，女的暴躁无羁，男的温柔有礼。按说水火不容的，居然过成两口子，按说不会幸福的，居然也值得搭上一辈子，就这样长长地走下去。

都说爱情是两个人的事，谁见过爱的独角戏呢？无论怎样沧海变了桑田，画具抓下粉面，只剩下自己站在舞台上，依旧咿咿哑哑地唱。想来，世上情缘，如那个忧伤的小王子所说，哪怕这个世界上好花千朵万朵，都是没有意义的，只有手里这一朵，不管艰辛劳累，贫病折磨，它都是我的。于是对我来说，它就有了特殊的意义了。对这场戏的主角来说，哪怕对手疯也好，傻也好，反正你就是我的，玫瑰花了。

绣花巾

　　她是北方人，却跟着他，千里万里，来到湖州，来到南浔。

　　她摔门而出的时候，身后响起妈妈的哭声和爸爸的吼声："你走了，就永远不要回来！"被宠大的公主头也不回，一脚踏进浩莽的黑森林，不知道里面有些什么，反正只要有他在，一步步都是光明。

　　那个时候，他们是真的很相爱啊！两个刚毕业的大学生，一个当了月收入不到一千的所谓文员，一个干脆当了搬运工。日出而作，日落回巢，在租来的小屋里，她给他洗衣裳，他给她炒南浔独有的菜——绣花巾。

　　她从来没有见过这种菜，比普通的青菜茎细一些，叶面有绣花一样的花纹。相传，西施曾在南浔河边洗浴，满河生香，以河水沁园，就长出了这样的菜来。难怪给了这样一个好听的名字。炒熟之后，碧绿依旧，清香沁人。奇怪的是，这种菜只南浔才有，就像桔，一旦越界，即成为枳，又像一个多义字，形同义不同。她自豪地想，这样的菜，真像她和他那份独一无二的爱情。

可是，绣花巾吃多了，再独一无二也变得平淡。这里还有桔红糕，绵软甘甜，香清如桂，也是北方没有的。老豆腐虽然北方有，但北方的老豆腐却是论碗来盛，放韭花、青蒜、辣椒末，这里的老豆腐是论块的，热热地从锅里捞出几块，放进碟里，抹一点葱花和辣椒酱，用牙签插了来吃。真的，一切风俗和家乡不同。最初的新鲜劲过后，她开始如饥似渴地想念妈妈做的手擀面。原来想家的最具体的感觉，就是味觉——没有什么能够替代，连爱情也不能。

晚上，他围着围裙一如既往地炒绣花巾，她的胳膊环绕住他，他不耐烦："小心油烫。"刚开始不是这样的，他炒菜，她环住他的腰，他会一边翻动锅炒，一边扭过脸来，和她深情拥吻，吻着吻着就关掉火，把彼此撂在床上。气喘吁吁中，是十分具像的激情和爱情。

可是现在，激情呢？爱呢？没有婚外恋，没有第三者，没有黑暗天使，爱情的开始与结束，原来都只是两个人的事。走了长长的几千里路，才发现爱情是不会天长地久的，激情哪里会一直延续。

当她提着简单的行囊，重新站在自己的家门口，手抖得竟然无法镇定地敲门。爸爸出来了，瞪她半晌，大叫："喂！你出来！快出来！"当妈妈的白头发像顶白帽子一样从魁伟的爸爸身后冒出来，她喉咙发紧，发不出声音。

就这样，她回来了，嫁人，生子，生活波澜不惊。如愿以偿地吃着妈妈做的手擀面，自己也学会了擀面喂夫君，一边细细感知平淡中的幸福，一边却总在午夜梦回的时候，心里发空，发痛。

终于她有了一次重回南浔的机会，繁华了许多的小镇上已经找不见他们当初那个简陋的小家的踪影。街角却发现一家菜馆，名字就叫"绣花巾"。进去，要了一碟酱鸭，一碟绣花巾，一杯米酒，一个人慢慢地饮。结账时，一个小男孩出来招呼她这个客人，她一惊：眉目口鼻竟然和他说不出的像。蹲下身，问："你的爸爸叫什么？"那个名字啊，就这样从这个小孩子的口里清脆地说出来，并且转身大叫一声："爸爸，有人找。"

当这个当初自己爱得天翻地覆的男人拱着腰、擦着手、胡子拉碴地从厨间走出来，她的背影已经没入午后暖洋洋的薄雾中。原来当初以为的独一无二的爱情，也不过如同这一碟心有则有、心无则无的美丽绣花巾。

和青春说再见

那年我刚刚十七岁。冬天起床跑早操，散了后大家三三两两往教学楼走，即使大冬天我也买不起一件厚棉袄，冻得唇青面白，浑身直打哆嗦。他和几个男孩子说说笑笑着从我身边擦肩走过，清秀、挺拔、美好，就是脑瓜像刚出炉的地瓜，腾腾地冒着热气，胳膊上搭着羽绒服。他走了两步回头看，再走两步再回头，然后犹豫又犹豫，终于退回到我身边，把袄轻轻披在我肩上，说了一句："快穿上吧，看你冻的……"

"……"我惊讶得说不出话。矮矮瘦瘦的丑小鸭竟不期然得到这样的关照，真不知道该说什么好。

"我是三十二班的。你不用了就给我搁讲台上好了。"

说着他就走了。

从此我开始注意他。剑鼻星目，唇红齿白，天生一股侠气在。他笑的时候，感觉日月星辰都在笑，嘴角边一颗小黑痣也无比的好，连周围的空气都被他晃得哗哗地摇。

第二次和他打交道是在考场上。大规模期末考，换班坐，我们都早早就位，只有我身前的座位空着。考试开始十五分钟后，门口有人噼哩啪啦地跑进来。我一边忙着答题，一边想：谁这么牛啊。抬头一看，是他。还是那一副脑门上冒热汗的老德行，估计是从家里一路跑来的。监考老师训他："韩清，你在高考考场上这样就死了！"他嘿嘿一笑走到座位上，拿手在脑瓜和脸上一通乱抹。我看不过去，拿出自己的粉红绣花小手绢，从后面轻轻碰碰他，递过去："擦擦汗吧。"他接过来不好意思地一笑："谢谢。"

那声"谢谢"让我发晕，好像糖吃多了，甜的滋味一圈一圈化成涟漪，整个人都要被化掉了。

从那以后，他变成一尊坐在我心上的玉佛。少艾之年，如怨如慕，一个"爱"字根本当不起我对他的关注，他是那样慷慨、善良、仁慈、美好。

一天晚上，学习累了，独自上了楼顶。夜雪初霁，薄薄的微光里面，一个身形修长的男生拥着一个娇小玲珑的女孩子，正亲密地低低说话儿。他们没有看见我，我却看清了他。那一刻，有泪想要流下，又觉得有什么梗在咽喉，堵得难受。没胆子惊扰他们，只隔着玻璃门看了两眼，悄悄转身下楼。

高考结束的那个暑假，我费尽心机才打听到韩清考到了北京一所著名的医学院，而且和那个女孩已经分手。这时候我也拿到了录取通知书，马上就要去本地一所名不见经传的专科学校报到。这下子一边感觉到离愁，一边又高兴得蹦蹦跳跳。

大专生活刚开始，我就陷进一个情感的漩涡里面——被一个只想玩玩不想负责任的男生要得团团转。心情难过，无人可说，一个人在瓢泼一般的大雨里走，楼上有人没心没肺地起哄尖叫。这个时候，韩清在哪里呢？我给他写了一封又一封的信，又亲手一封又一封地撕掉。也许，我应该冒充一个不知名的笔友，给他写一封不署姓名的信，诉说千里之外一个陌生人的痛苦、失望、爱恋、难过——不知道那会是什么效果，也不过想想罢了。

那个男生正式和我 SAY GOODBYE 的时候，好像头顶上悬了这么久的铡刀终于落下，既疼痛，又解脱。那一刻只想见到韩清，一时冲动，天生路痴的我居然跑去买了一张直达北京的火车票。

当我终于站在辉煌壮观的医学院大门口，有泪珠悄悄滑落。此时的我，不复当年的黑瘦弱小，也有了明眸和皓齿、桃腮和浅笑。奢望如蛾，在暗夜里悄悄地飞舞。

七扭八拐才打听到他所在的宿舍，然后请人捎话给他：大门口有人找。二十分钟后，韩清出现了。一身运动服罩在身上，还是俊朗挺拔的身姿，还是红唇似花瓣的鲜润，还是那样剑眉星目的温柔。可是，他是和一个女孩子肩并肩走出来的。那个女孩子眉目清爽、面容安详，满身都是青春甜美的芬芳。

看见他们的那一刻，我早已经退到远远的马路对面，一任他们在门口焦急地东张西望。过了好久，他们一脸愤懑地离开，我却一直在他的校门口磨蹭到傍晚，又吃了一碗朝鲜冷面，才十万火急地坐车往西客站赶。就在我刚坐上公交车的那一刻，一回头，正好看见他和那个女孩子说说笑笑地走进我刚走出来的那家冷面馆。

我痛彻心扉地意识到，从开始到现在，我们从来就不在一个世界。无论我是幸福还是忧伤，他始终都只能是我青春的信仰，却不能是我爱情的方向。

我和你，终究只能是两面之缘。

我终究要和你说再见。

你终究只能在我的记忆里面开成一朵莲花，绽放无边无际的绚烂色调，那是不属于我的美好。

夕阳模糊，晚云镶着金边，路旁的树叶像是金子打成的，被风搅得稀哩哗啦地响，一个傻傻的女孩子就这样被空旷的孤单和荒凉的寂寞包裹着。

那就这样吧。就这样。

还是要感谢命运，虽然它让年华步步远去，各色人等徐徐消退，却仍旧在二十年后的同学聚会中，送给我一个坐在远远的圆桌那边的一个侧影，眉目一如当年。

聚会已毕，人群四散，他说拜拜，我说再见，挥手作别的那头，仿佛是我恍如隔世的青春。我的心也在多年提悬之后，缓缓放下，甚至觉得充满。

谁为谁真的地老天荒

"你知道什么是一辈子吗？少一年、一个月、一天、一个时辰都不行！"这部电影里的程蝶衣给一辈子下了一个多么严苛的定义。而所有的执子之手，又都天真地奔着一辈子而去，不理会老天爷险恶的微笑。结局套用一句歌词就是"伤心总是难免的"。什么都无法把两人分开的时候，死亡就会出马。幽明相隔里，两个人只有在想象里天荒地老。

所以我爱读悼亡诗，在情薄如水的现时，我起码可以躲在古代里体味感情的悠远绵长。

有个晋人叫做潘岳的，写了长长一首五言诗给自己的亡妻，我只记得断断续续几句："之子归穷泉，重壤永幽隔……望庐思其人，入室想所历……如彼翰林鸟，双栖一朝只……寝息何时忘，沉忧日盈积。庶几有时衰，庄缶犹可击……"这个死了妻子的人，也想效法庄子妻亡之后鼓盆而歌的豁达，只可惜放不下这一世的意惹情牵。只好寄希望于将来思念之情稍衰的时候，可以让自己摊上一份唱歌悼亡的潇洒。

我还喜欢苏轼的《江城子》。苏轼这个人，原来是个情种。妻亡十年，还放不下心来。这首悼亡词，起首一句就是："十年生死两茫茫，不思量，自难忘。"让我想起了一句歌词"从来也不用想起，永远也不会忘记"，想起李清照的"此情无计可消除，才下眉头，又上心头"，还想起了刘半农的"叫人如何不想她"。这个顶天立地的男儿汉，对妻子竟然还有这样一腔绕指柔的柔情和刻在心头的思念。

这样多、这样真切的悼亡诗摆在面前，让我对人类感情的信心始终不曾泯灭。给我的信心天平又加上一粒重重的砝码的，是一个叫做元稹的诗人。

他的名句"曾经沧海难为水，除却巫山不是云"从诞生之日起，大概会一直流传到世界上没有了文字才止。这个才子也是妻子早亡，他为他的妻子奉上三首悼亡诗，哪一首都是字字珠玑，不，是字字泣血。我最爱第三首："闲坐悲君亦自悲，百年都是几多时。邓攸无子寻知命，潘岳悼亡犹费词。同穴窅冥何所望，他生缘会更难期！惟将终夜长开眼，报答平生未展眉。"这个做妻子的，贤惠无比。从名门下嫁寒门，衣无可穿，柴无可烧，连老公喝的酒都需要拔下头上的金钗来换。这份相濡以沫的感情，让做先生的人难以忘怀，所以他会一直想到夜深不寐，终夜开眼——自己没有什么可报答妻子的，那么，就让自己两眼鳏鳏，长怀故人吧。

看到这一步宜止。此时看到的景象，月华皎洁，最是美丽。可惜我又转来转去，看到了月亮背面。

读到了林语堂的《苏东坡与其堂妹》。林先生言之凿凿，论证出苏东坡暗恋其小堂妹，一直恋到小堂妹逝去，仍旧无法抑止，并遥祭之："维我令妹，慈孝温文，事姑如母，敬夫如宾……万里海涯，百日讣闻。拊棺何在，梦泪濡茵。……"虽然林语堂先生最后说，东坡此情，不能证其有，不能断其无，可是，我却真的相信，这个豪迈、旷达、顽皮、睿智的东坡先生，在自己妻子之外，在和诸多歌姬诗文酬唱之外，果然另有一份隐情在，这份隐情，和他对亡妻思念之情，说不清孰轻孰重。一个人，竟然可以同时对两个人有情，那么，这钟情二字，又当何解？情之所钟，又在何处？

那个用去我不少眼泪和感动的元稹，在我的想象里，一直是当作做一个情圣看待的。结果原来是元先生为了仕途攀上发妻，然后妻子过世不过两年，就纳下小妾，七年后出于仕途考虑，再娶名门之女。他的曾经沧海和除却巫山，竟然是一个美丽的谎言。

我越发佩服钱钟书了，这个人的文笔真是老辣。他在《围城》里最是写得刻薄而透彻："文人最喜欢有人死，可以有题目做哀悼的文章。……"看得我透心凉。原来亲卿爱卿、知己一生的爱人的死，只是给自己多了一份一逞才情的机会，顶多是给自己的生活添加上一抹装饰性的忧伤。

真的，原来文章全是这样来的，死亡成了一棵可以结出思念和怀想的树，而悼亡是树上开出来的缤纷美丽的谎花。哪里有什么地也久天也长？哪里有什么看透了岁月想穿了心肠？曾经沧海到处都是沧海，除却巫山哪里都有巫山。谁能为谁真的地老天荒？

情之一字，不能追究，一旦细推，面目全非。

爱上你是我自己的事

时常会见到电影里或小说里，男或女泪流满面地说：我这样的爱你，你为什么这样的对我？

是啊，他明明知道你这样的爱他，结果他冷落你，他不在乎你，他打你，或者背着你有了别的女人，然后摔门而去。

那么，你想要他怎样做？

你爱他，整天想着他，为他免费洗衣服和整理抽屉；做他的秘书，他口授，你执笔写枯燥的论文，甚至干脆你来代笔；你爱他，和他亲热，拗不过他的要求和他上床，同时心里感觉十分幸福，觉得自己的身和心都有了归属，甚至心里念着念着："上邪！我欲与君相知，长命无绝衰。山无陵，江水为竭，冬雷震震，夏雨雪，天地合，乃敢与君绝！"于是，你也要他整天想着你，要他为你打饭，为你梳理头发，给你在公共汽车上占个座位，或者买金珠首饰，然后和家里的黄脸婆离婚。你要他做好心理准备和你同生共死，一起唱一支爱的衷曲。

为什么要这样？

我爱上你，原本就只是我自己的事。

我因为爱你，所以白日里神魂颠倒，暗夜里一个人默默地流泪。甚至嘴里默默念着你的名字，一想到你，不是幸福地微笑，就是大声地叹气。

我因为爱你，所以时常觉得心里发空、发痛，总是想象着会在街角或是车上看见你的影子，然后和你怔怔凝视，并且想象你一把把我抱在怀里，吻着我的头发，叫我宝贝。我甚至可以真切感受到你的呼吸，受伤的时候第一个念头也是扑在你的怀里。

我因为爱你，所以闭上眼睛的时候，会想象你就在我的面前，我伸出一根手指，轻轻抚摸你的脸颊、你的鼻子、嘴、眼眉，还有你闭起来的眼睛，心里涌动着无限的爱意。用手抚摸你一头的黑发，然后，轻轻俯下身去，轻轻啄一下你的嘴。我甚至愿意把你想象成我的一个小小的孩子，当你想哭的时候，把你搂在怀里。

我因为爱你，所以走到哪里都无法摆脱你的影子，它给我的折磨如同痴缠的怨鬼，我被弄得形容憔悴。我甚至愿意当你指间夹的香烟，或者你贴身的衣衫，因为它们可以被你含在唇间，或是贴在身上，而我却没有这个权利。

我因为爱你，白天心里藏着你的影子，晚上梦里念着你的名字，醒来除了你还是你。

我因为爱你，会在你决定离开的时候，那样长久地凝视你的背影，直到把它看进我的心里。

我因为爱你，所以会存下所有你的影像和文字，好比老鼠储存过冬的粮食。在身边没有你的时候，严寒肃杀的冬天里我还可以有怀念你的凭据。我对别的人心如死灰，无法接受别人的安慰。一个人不但要承担对你的深重灾难一样的爱，并且领受暗夜漂流的无边的孤寂。这一切，都是因为爱你。

你从来也不知道，爱上你是我的一场灾难。你之所以不知道，是因为我抵死也不肯告诉你。爱上你这件事情，实在和你没有什么关系。我知道我有多爱你，我会深夜里和你一直说话，哪怕我自己头疼欲裂，如果你需要我陪你，我都会一直坚持下去。直到你说要走了，于是我说再见。我多么想听你的声音，你打过电话来我是多么的欣喜，但是当你说再见的时候，我会说拜拜。我对你从来不曾做过任何的挽留，来也由你，去也由你。我能做的只能是对你的人和心一起放手，然后留下来默默看守自己的思念和伤口。

我不会要你的哪怕一字的承诺，不会逼着你说不离开我，也不让你保证不会爱上别的女人，更不会强求你当我作你手心里永永远远的宝贝。

当我确定你要离开或者已经离开我，我甚至不会对你说：

我爱你。我不会挽留你，说，留下来吧，你看，我因为爱你，爱到这样的憔悴。

我知道爱情这种东西像一座沙堡，多么的不可靠。你爱我的时候自然会拿我当手心里的宝，你不爱我的时候，所有一切都是一场寂寂散去的夜戏。你并不是一个浪子，但爱情是谁也保证不了的东西。当爱已不再，我怎么可能用义务去拴住你？

在我结束生命或者爱情之前，爱上你是我的命运，除了担当，我没有别的本事。我所能做的，只能是读自己的书，做自己的事，当好自己分内角色，闲下来自己偶尔地叹一口气。

当此情无计可消除的时候，你就成了我心上扎的一根刺。但是我不会让你知道。我对你的爱是我一个人的悲剧。

爱情的消失不可逆转

一篇文章被登在杂志上，配上一副有趣的插图：一个皱巴巴的的丑孩子被托在一只大大的手掌上面，呼呼大睡。噗哧一笑，想起张小娴一句话来："一个男人能够翻手为云，覆手为雨，还是不够的。他要把他的女人捧在掌心里呵护，她倦了可以在他掌心里睡，不开心的时候可以咬他的手指头。"

那么，这幅画是不是也可以这样理解：这是男人的手，那个丑丑的婴儿，就是藏在男人手心里的女子。

恋爱就是发烧，烧到人胡思乱想，胡说八道。恋爱中的人，都还原成了小孩子，十分频繁地哭叫、笑闹、发呆和发神经，和这幅画十分地神似。

女人最大的愿望就是有个自己非常爱的男人，并且他也非常爱自己，爱到可以容许自己随意的撒娇和发脾气，容许自己吃饭吧唧嘴和裸睡。男人说"乖乖，太晚了，你给我好好睡觉去"，女人说"我就不，我喜欢呆在这里，我要陪着你"；男人说"亲爱的我今天不回家了，我要开会"，女人就抱着被子在客厅一直等，等他回来好一跳跳进他的怀里。女人甚至会抱住男人的胳膊咬几排牙印，就好像给他盖上了戳，把这当成他只属于自己的标志。无论怎样的胡闹，女人都希望爱人不会责骂和烦了自己。在恋爱中，女人愿意当一个流着口水爬来爬去，使劲捣蛋也不会挨骂的傻孩子。

女人在被追求的时候多是十分的矜持和高傲，像一只尾巴高高翘起的孔雀；被追求到手之后就成了一粒果汁软糖，温柔多情，甜甜蜜蜜，随时准备把自己送到爱人嘴里；又好像拔光了刺的刺猬，光秃秃的没有了防卫，心爱的男人的一个眼神、一个动作、一次小小的呵斥和一句轻微的甜言蜜语，都可以送这个昏头昏脑的傻女人上天或者入地。

男人呢？

想起一个有趣的情景：孙悟空被铁扇公主吞到肚里，然后在里面发疯，大闹天宫、打筋斗、竖蜻蜓，疼得铁扇公主一个劲地求饶叫叔叔。发生一种奇妙的联想，觉得恋爱中的男人，好像也是活在女人的子宫里，并且像孙悟空一样的恶劣。不相信？爱过的和正在爱着的男人，看看你们自己。

你在外面拼搏奋斗，十分的劳累，这时你会想念女人温暖的怀抱和她做的可口的饭菜，并且回去之后希望她像妈妈一样给你盖好被子。你内视自己的心理，感到十分的寂寞和孤独，这时你会愿意把自己的头埋在女人的胸前并且伤心地哭泣，然后在她的抚慰下沉沉睡去，腮边还挂着委屈的泪水。你的大男子主义精神勃发的时候，会希望面前的女人是一个小妹妹，听你的话，受你的教训，并且乖乖地按你的意志行事。

你在女人面前发疯、说胡话，毫不顾忌地做伤害她的事情，并且蛮不讲理地对女人背诵对她的最高指示：女人要出得厅堂，入得厨房，上得雕花大床，当一个百变情人——你的言论和行为像孙猴子一样的恶劣，面对女人的时候像拿着通红的烙铁。

齐秦替天下所有的男人唱：我是一匹来自北方的狼，走在无人的旷野中……对一匹孤独和饥饿的狼，女人是最好的消遣和充饥食品。男人想要一个爱人的时候，绝对不会只想要一种简单的肌肤之亲。啊，你要她和你融为一体，想一样的心思，做一样的事情。你爱她的时候她正好十分地爱你，你想她的时候她正好十分地想看到你。你哭了，她会把你揽在怀里，给你送上一杯热水。

这样看来，男人和女人都有自己的软肋和见不得人的小秘密，都有想要翻江倒海的恶念头，都想有一个宽厚的胸怀可以把自己的劣根性自由轻松地发挥到极致。于是男人和女人都在兢兢业业地寻找，女人寻找长兄老父一样的男人，男人寻找母亲妹妹一样的爱妻。结果找来找去，发现不会出现自己预想的结局：

你想他的时候，你想在他怀里哭泣的时候，你愤怒地想要咬他的时候，他正在忙，他正在累，他正在为一件什么事情烦得要死。他拖着沉重的步子来到你的身边，你还得赶紧咽下自己的泪水，然后安慰他和把他搂在怀里，这个粗心的家伙只顾着享受你的温暖和自我怜惜，根本体会不到你的思念和伤悲。

他想你的时候，他想抱住你亲吻的时候，他寂寞得想抚摸你的头发和一边喝酒一边冲你流泪的时候，你身体不舒服，你心情坏透了，要不就正因为买了一只漂亮的戒指高兴地手舞足蹈。结果不等他开口，你的话瓢泼大雨一样向他倾泻而去。他抽一口气，捺定性子，耐心地听你说话并附和你。结果等你说完了，他发现他什么心情都没有了，只能在到浴室里刮胡子的时候冲镜子发一声叹息。

找了半天自己的另一半，才发现任何两个人都无法严丝合缝地对接，孤独是每个个体生命的终极生活状态，这个定律十分霸道，根本不理会人们是不是相爱。

于是总有一天小孩子要长成大人，孙猴子也会认佛归宗，稳坐下来。两个人正正衣冠，抬起眼看，都惆怅地发现爱情的消失不可逆转。

忧伤的妖精

　　塔尔顿太太对斯佳丽把自己的两个双胞胎儿子同时勾得神魂颠倒大为恼火，称她为"两面三刀的绿眼珠小妖精"。历来人们就称美丽而不大安分的女人是妖精、狐狸精。都成精了，可见其魅力之大。

　　妖精又是什么样子的?

　　妖精是妩媚的，眼儿媚媚的，盘儿靓靓的，小蛮腰扭啊扭的，对自己的容貌充满信心，姑不论是幻来化来还是披着人家的皮，反正爱临水照镜，满头青丝，在水里兜兜转转，一袭红肚兜，紧箍着白白的小腰身，一边幽幽怨怨的唱歌一边吸引傻书生。

　　妖精是贪心的，要吃唐僧肉，想着做长生不老的神仙，结果一看见好一个清俊男子，爱上了，肉也不吃了，神仙也不做了，要百年偕老，生儿育女，养一大堆小和尚和小妖精，过快快乐乐的烟火日子。于是开始把自己打扮得漂漂亮亮的，飞的眼风直往和尚哥哥的心上砸。是一个软弱的和尚就从了，皆大欢喜；是一个刚强坚定的和尚就捆个四马倒攒蹄，吊在屋梁上，妖精一边恨骂不开窍的傻瓜一边心疼哥哥的皮肉勒得疼痛。

结果所有的妖精是痴情的，一旦爱上就乱了方寸，演一出美人救英雄，宁可自己堕入深渊，烟消云散，或者唐僧肉没吃到，反叫唐僧伤了心。

妖精什么样子，女人就什么样子。妖精个个聪明，知道拿捏男人的七寸，让男人欲离不舍，欲罢不能；女人也个个聪明，知道什么叫以退为进，欲擒故纵。《围城》里的唐晓芙说，女人刚好像男人期望的那样傻，既不多，也不少。妖精女人也像男人期望的那样美丽又柔情、魅惑又风情、轻飘又爱情。

妖精女人也不是常胜将军，恋爱了，失恋了，被抛弃了，病了，苦了，伤了，痛了，只好重整芳心，咬紧牙关再活一遍青春。哪里跌倒从哪里站起来，拍拍土，不能让那个负心人看见自己的狼狈样子，打落牙齿和血吞。从哪里站起来呢？你说我没文化，我开始学文化行不行？你说我没品味，我开始练品味行不行？你说我头发长见识短，我开始培养自己的眼光行不行？咬上牙齿，较上劲，倒下去灰头土脸，站起来光艳照人，气质高贵，谈吐高雅，从里到外的女人气像妖精一样打动人心。那个瞎眼男人后悔了，以为扔掉一根草，谁知丢弃一块宝，面对男人再续前缘的恳求，女人微微打个转身，走进新一片红尘。把伤心还给你，我重新开始我的梦。

只是妖精女人脱胎换不了骨，仍旧愿意用自己的心换来男人的痛，像那个荷花池里的鲤鱼精，像白娘子仰望断桥，寻找许仙，准备再续前世今生。最后妖精们都落得个有上梢来无下梢，一身是伤，满心是痛。美丽的女人，美丽的妖精，每一次爱情沉陷都这样的悲情。

斯佳丽也的确够得上资格被称为妖精，因为她把许多男人都搞得晕头转向，眼风所到之处，所向披靡。不过这个小妖精也没有什么不好的地方，不是水性杨花得让人痛恨，反而是一片痴情到注定一生不幸。一样经受际遇浮沉，一样坚持到底得十分任性，对阿希礼的爱支撑她度过乱离的半生。

莎乐美也是一个典型的妖精，这个人在三个大哲学家之间周旋，为尼采所深爱，受弗洛伊德赏识，与里尔克同居同游。弗洛尹德的书架上有她的照片，恨得尼采因了她大发名言：如果你要到女人身边去，别忘了带上你的鞭子。这个妖精睿智、犀利、叛逆、热情，能够点燃悲观的哲学家们的熊熊热情，有如此巨大的能量，只能是魅惑无边的妖精。

孔老夫子说：天下唯小人与女子为难养也。这里的女子，不是二木头一样扎一针不知道哎哟一声的女人，也不是粗愚蠢笨的厌物，就是那种妖精一样的女人：心思多变，花样无穷，让男人又爱又恨，又气又疼。

张信哲使劲唱：你可知道我会心碎。他不懂，妖精就是让你心碎，就是要让你心碎，你不心碎，证明不了她的妩媚。

同时，爱情这把双刃剑也不会格外优待这些美丽的小妖精一些，让别人心碎，同时自己的心也纷纷地碎了去。妖精之妖在于追求爱情像追求一种信仰。多数妖精过于情痴和专注，投入地爱一次，忘了自己的结果是很深地伤了自己。自己爱的男人执意要在自己看不到的地方老去，滚滚红尘里没有安放爱的地方，让这些美丽的妖精怎不忧伤。妖精的忧伤只关岁月，只关红尘。

其实，做妖精有什么不好？有男人爱，有男人疼，有自己的主见，有自己的修养，有自己的世界，有自己的支撑，若不是满街里由美丽的妖精组成美丽的风景，这个世界和男子的心，该是如何寂寞。

降妖的男人注意了，妖精的致命伤就在于：虽然有害，却极端有爱。有爱是妖精最致命的忧伤和最光彩的人性。

就当我们从来不认识

有一个男人，对我讲他的"绯闻"：怎么相识，怎么相思，怎么狂追，怎么相恋，最后怎么分手。分手的时候女人已经怀孕了，男人看着镜中的自己青春正盛，无论如何也不肯轻易被婚姻拴住。他对女人说："打掉吧。"女人求他："咱们结婚好吗？孩子是无辜的！"男人冷冷一笑："谁知道孩子是谁的！"

"后来呢？"我问。

"后来，我就走人了。"

"再后来呢？"我还问。

"她恨死我了！"他不以为然。

还有一个男人，他也把故事告诉了我。他背着太太找了个情人，他的孩子都10岁了，情人才18岁。他的心被小情人的美丽牢牢拴住了，连家也不愿意回。老婆不是不知道，吵也吵了，打也打了，18 头牛拉不回他的心和他的爱情。当他迫不得已和老婆同床的时候，一边放 A 片，一边自慰，恶毒地放出话来："我就是把它浪费了，也不给你！"后来为了满足小情人的贪欲他挪用公款，案发后被判了刑。小情人就此人间蒸发，倒是老婆时常给他送吃送用。他出狱后想方设法打听到小情人的下落，才知道小情人一直用他的钱养自己的情人。这倒让我想起《聊斋》里看到的一个故事，一个人会魔法，能口吐小人儿和他做伴，这个小人儿等他睡了，再口吐出一个小人儿，两个人恩爱情重。瞧瞧，那么遥远的《聊斋》，居然能洞察到现在的世事，可见人性亘古长存。

"后来呢？"我问。

"后来，我恨死她了！"他垂头丧气。

这是一个凡事都会有结果的世界，所有的故事都会有续集：

第一个男人发现此后的日子，心里总是有意无意地惦记着：她真的怀孕了吗？她怀的真的是他的孩子？她把孩子是打掉了还是生下来了？终于克制不住思念回头找她，却发现她的孩子，眉目口鼻和他说不出的像，却抱在另一个男人的怀里，奶声奶气地管那个人叫爸爸。她平静地看他一眼，然后漠然地转身离开，他怔怔呆立。他千方百计给孩子买了礼物托人带去，却没想到她原封不动地退回，而且捎话过来："以后不要再打扰我，就当我们从来不认识。"

第二个男人，患难之中终于明白了老婆的好。拼了命想要回到老婆身边，一家三口的平淡生活曾经让他如此厌烦，现在又让他这样怀念。可是妻子却毅然决然地提出离婚。她说："我之所以没有在你蹲监狱时提出离婚，是不想给你太大打击。但是我不能一辈子都委屈自己容忍一个没有责任感的男人。从今以后，我们两不相欠，就当我们从来不认识。"

女人心死之后说的话几乎是一样的："就当我们从不认识。"——决绝的宣言，原本就是男人看不透的太平洋底黯然的魂魄。是的，我们曾经认识过，我走进你视野的同时，你也从千千万万人的世界里走向我来。我们跨越一切障碍，甚至背离一切世俗标尺，到现在我还记得我们两手交握的时候，你眼中闪耀着的炽热的光彩，你说："我会爱你，整整一辈子。"你说了，我信了，这就是承诺，可是天知道你从什么时候开始变了。

原以为"爱"字千斤重，却原来善变的岁月里比鹅毛还轻，原以为承诺比天大，却原来看不透的人心轻易就可以花谢水流红。你对我说的一世相守言犹在耳，我却怎么也拦不住你鼓翼飞扬的心，你振振有词地说，男人天生会厌倦，困守在围城没有风景。

一出戏就这样从开头唱到结尾，上帝以他特殊的方式检验爱情和惩罚自以为是的男人。明知道一段感情一旦开始就要背负责任，当初就不要轻言分离。你的离开让她一朝梦醒，看透了你，你说，她怎么肯转身？

浪子回头，这不是喜剧，真的。这场戏中被你伤害过的人已经心碎。伤心容易补心难，所有的破镜重圆都是一言难尽。喜剧的意义不在于为碎片们找到位置，而在于，它们从来就未曾被打碎。被承诺背弃过的女人，重新活过的唯一方法，或许就是这句："就当我们从来不认识。"

倾命之恋

我们本地检察院刚办理了一件案子。本来是一个寻常的离婚案，办来办去却办成了挟私杀人案。

他和她都是已婚，却由于偶然的机缘爱上了，彼此情深义重，你侬我侬。不过据说爱情当头，陷得最快是男人，逃得最积极也是男人。果然是这个男人先心生厌倦，从冷落到远离，从相守到抛弃，女人眼睁睁看着他一步步从自己的生活里远去，心有不甘又无计可施。当男人的孩子到自己家里玩的时候，妒恨的怒火让她失去了理智，把小孩子活活闷死。

女人的丈夫自从知道这件事情，虽然没去报案，却对女人百般挟制。但是到最后挟制不住了，因为她又遇到另一个男人，而且这次要来真的，要和丈夫离婚，再当一次幸福的新娘。离婚申请递上去的时候，做丈夫的威胁她，新的爱情却让她胆气高涨："你去告！我就不信你能把我怎么样。知情不举，你也难逃责任！"

这个倒霉的丈夫一气之下真的来了个大掀牌。结果是女人坐了牢，判了死缓；丈夫也坐了牢，他是从犯；第一个男人得知是自己的这段情给儿子招来的杀身之祸，悔恨至极，痛不欲生，他的妻子伤心成狂，俩人愤恨而离婚。都说狭路相逢勇者胜，可是在这场被阴谋缠绕起来的爱情中，谁都没有赢。

写《非常道》的余世存是个明白人，所以会说明白话："张爱玲初恋时，给胡兰成信中有一句好话：因为懂得，所以慈悲。她用不着十分懂得对方，所以有倾城之恋。"而上面这个傻女人因为十分不懂得对方，不知道所谓的爱情对生活无聊的男人而言，不过是类似于胡椒面和辣椒粉的调味品，有则有以，无则无之，没有什么要紧，所以才会有倾命之恋。

我一向佩服把生活过成小说的人，因为主角必是有过人的想象力和旺盛的折腾劲，心脏动力之强劲足够承受任何的回环曲折和起伏跌宕，而且不惜以身涉险——这是真话，有哪一个小说的主角不是涉险而生？

可惜，这样的小说是好小说，这样的电影是好电影，这样的人生却不是好人生。

一般来说，凡是把生活过得十分精彩，爱恨情仇一样不缺的人，都已经过世事锤炼，不再是懵懂少年。家也有了，业也有了，孩子都会打酱油了，这颗心既不再青葱水嫩，也不到衰朽残年，既有足够的能量开始第二春，也有足够的热量点燃心中的激情，于是一有机会，马上沉沦。就像军阀孙传芳所言："秋高马肥，正好作战消遣。"爱了，恨了，伤了，痛了，感情蒙蔽理智了，主角也就开始以身犯险了。

其实，平心而论，我们的生活也的确太平淡了些，甚至连一篇精致些的散文都算不上，只不过是书页上随意的几行旁批，滋味既不隽永，余味也不深长。难怪人们愿意给它插花绣朵，拼命装扮。有的用地位，有的用金钱，更高层次的就是用艳遇——爱情是最佳化妆品，可以让散淡琐碎的生活顿时变得绫罗裹身。

但是艳遇充满刺激的同时，又让人一步一担惊。谁也不知道鲜花和笑容的背后埋藏着什么样的杀机，所谓的爱情会不会通向一个阴谋布下的陷阱。生活是有脾气的，它就如同人人手里都端着的一碗白米饭，本性就是素白寡淡。一旦有人违逆它的本性，就会招致它的猛烈反抗。它给生命个体的最大惩罚，就是让他或她连这碗白米饭也吃得不安稳，甚至吃不成。所以即便人生就是一场涉险，也还是要冷静下来，计算成本，不要赔了夫人又折兵。

晚上上线，有人欢迎："老闫，几天不见，我想你了，你想我吗？见到我是不是特别温暖？"

我烦："对不起，我不调情。"

他悻悻："想不到你这样的聪明女人，居然不解风情。"

我冷：“我的聪明就是不解风情。”

对方祝我晚安，愤然下线。

真是。有的时候，太解风情的女人容易像钱钟书笔下那个鲍小姐，自信很能引诱人，于是极快，极容易地给人引诱了。看看这个世界上有多少被阴谋缠绕起来的倾命之恋，我就知道我应该有多清醒。我的人生已经淡叶秋凉，根本不想再把它搞得繁华似锦，又何必凑上一脚，用我真金白银的好日子，置换虚无缥缈的什么鸟“情”。

瘦尽灯花又一宵

"谁翻乐府凄凉曲？风也萧萧，雨也萧萧，瘦尽灯花又一宵，不知何事萦怀抱。醒也无聊，醉也无聊，梦也何曾到谢桥。"

在萧萧风雨里瘦尽灯花对我来说已经不是什么新鲜事情。耿耿秋灯里经常会大睁一双不眠的眼睛。

一灯荧荧，四壁昏黄，茕茕孑立的影子投在墙上，寂寞大得盖住了这间房子。总觉得这样的境界，不适合铁马冰河，不适合共倚西窗，不适合古佛青灯；只适合昏昏默默，独对相思。

瘦尽了灯花的，若是女子，必有一双哀怨朦胧的眼睛，和袅袅婷婷的身段，还有缕缕微风一样的叹息绕住此屋旋转。

若是男子，必是一杯薄酒浇遍离愁，一梦醒来不见伊人，醒醉皆无凭靠，越见得相思深重，忧伤无限。这样一个束巾顶帻的男子，这样一个吟风弄月的诗人，这样一个风雪满江的旅者，刻骨相思处，百炼钢也化成了绕指柔。

最初知道这首词，还是一位朋友轻吟慢咏而来。记住了他，也记住了瘦尽灯花又一宵的落寞，记住了醒也无聊，醉也无聊的清愁。这个朋友有家有室，有妻有子，年近不惑，什么都有了的时候却夜夜在那里瘦尽灯花，形影相吊。

想来当初也是烛影摇红，红袖添香，温香软玉，耳鬓厮磨。到了现在，相携的手不晓得什么时候分开了，交缠的目光不晓得什么时候分开了，胶漆一样的爱不晓得什么时候分开了，活得越大，心里的空间也越来越大，像一颗漏空的牙齿，空得人心里发慌、发痛。于是会有那样多的人走遍千山之后仍旧一个人暗夜里孤单地漂流。

什么都成了习以为常的外在的时候，总有一片模糊的影子或者云彩，投影在自己心湖的波心，影出当初的感动和投入。多少人在孜孜不倦地追寻理想中的爱人，多少人在未来里寻求过去的一种仿真，多少人夜深不眠，高烧银烛，点燃自己的思念。多少人，多少人在瘦尽灯花，独对春宵。

当一个一个明朗得不留余地的白天和身边人无知无觉地度过，就剩下这暧昧的秋夜，秋虫唧唧里，靠着床头或是靠着椅背，贴住白墙或是斜倚花窗，静待相思一朵一朵暗夜里静静绽放。多少往事前尘，轮回不尽，刻骨铭心，在暗夜燃烧的灯花里静静复活。

也许会为当初的轻率孟浪后悔，也许会为当初的轻易舍弃难过，也许会在痛到极处时乞求命运再来一次，可是，人的感情真是流水，这一刻不知道下一刻的事情。特定情境特定心绪下产生的爱，离开特定环境，面目全非。所以说，其实没有什么爱可以重来。所谓重来的爱，其实只是一些碎片，在僵硬失真的岁月里充满缝隙地假扮久别生逢的感动。

而且，曾经为了伊夜夜的瘦尽灯花，真的盼到做了自己的身边人，却发现滋味也不过尔尔。理想化的爱情终究抵不过现实生活的磨砺，感情越变越粗糙，甚至夫妻做久了，彼此连对看一眼都不肯。无论怎样的爱过，怎样的投入过，怎样的曾经沧海难为水过，怎样的非卿不嫁非卿不娶过，做了身边人，好像就没有了让人为自己瘦尽灯花的资格。

而且，也没有哪个人可以让人为了自己永远地瘦尽灯花。再痛的痛也会平复，再伤的伤也会愈合，再浓烈的感情也会平淡如水，再鲜明的面容也会逐渐成为背影。形式上的夜夜瘦尽灯花，包容着不同的内容。时光不断流转，对像不断变换，今宵我为侬瘦尽灯花，明夜侬为他瘦尽灯花。到底谁爱着谁呢？这个世界暧昧得让人费解。

我发现自己现在十分败落。一阵又一阵绝望和灰色的情绪袭来，然后我就开始沉浸在黄叶满地、白柳横陂的萧凉境界里无法自拔。而对于深陷情缘的女子们，就有了一种别样的焦急和怜悯。

小时候，听过一个笑话：一个挑着剃头挑子的戏迷在戏台下看戏，看岳飞被十二道金牌急召入京。这个戏迷从头担心一直担到尾，然后看到白脸奸臣秦桧，再也按捺不住，一个箭步蹿上戏台，拿挑子尖尖的担尖把这个倒霉的演员给捅得一命归西——真是迷人不醒，忘了台上唱的，不过是戏。

到了现在，经常看到这样的故事。一个女子，爱上一个感伤、恍惚、优雅的男人，然后，开始彻夜地等待。她说：你来吧，你不来，我就在这个酒吧坐上一夜。然后，她在她的文章里写道："我不知道度过了多少这样的一个人的黑夜。"于是我就着急，想象那个剃头的一样，大叫一声：不要啊，不要这样！没有什么是真的，手心里哪里能握得住风，有谁能够把握得住感情。

有时也会想着，在一份真幻难明的爱恋面前，如果是我，将会怎样。

我不知道会怎样。我只知道睁开一双眼睛看到的这个世界，日光和月光下竟然如此不同。而我仍旧在夜夜地瘦尽灯花，不知道是为了什么，而且我也不知道自己活着是为了什么，不知道什么才可以填补那种难忍的空虚和寂寞，也不知道什么可以让自己恒久地温暖一世，无欲无求，轻身走过。

现在想来，当初那位先生念来的那一句"瘦尽灯花又一宵"，竟然真成了一谶。注定了此后的苍烟落照，无法超拔身心。所以，会格外地爱那土夯的城墙上连绵的银白的秋草。再怎样的芳华繁盛，秋来了也会褪去华裳，在凉风里瑟瑟成一道没有前路的风景。

　　到底什么才是我温暖的壳？好像我能做的，只能是躲在老歌里，把自己想象成一尾一天到晚游泳的鱼，觉得累，也觉得疲惫，却无法停泊登岸，开始另一种人性化的生存。

第二辑

如花美眷，似水流年

听听，这是春暖花开，日落月升的声音，这是松风梅绽，鸡鸣犬吠的声音。生活在这样的世界，哪里还有宁静不下来的心灵。

如花美眷，
似水流年

看过一部电影《潘金莲的前世今生》，王祖贤把潘金莲的妖艳演得极生动。潘金莲醉闹葡萄架，西门庆把酒液倒下，流过她白白的香肌。紫葡萄，绿叶子，醉迷的表情，光与影的舞动，一个飘飘浮荡，不生根的女人，潘金莲的世界。

潘金莲的世界里都有些什么？一个又一个的男人、情人，老少，高矮、胖瘦，穷富、员外、小厮；一个又一个的女人，一旦出现，都是情敌。一辈子周旋在男人和女人之间，如同陀螺旋转，无一刻安宁。

这样的女人，肯放纵，肯出头。越是浅薄虚浮的女人，越渴望得到更多的吸引，观灯时也没个消停："那潘金莲一径把白绫袄袖子儿搂着，显他那遍地金掏袖儿，露出那十指春葱来，带着六个金马镫戒指儿，探着半截身子，口中磕瓜子儿，把磕的瓜子皮儿都吐落在人身上，和玉楼两个嬉笑不止……引惹的那楼下看灯的人，挨肩擦背，仰望上瞧，通挤匝不开……"

肯行淫的女人必不是胎里带来的毛病，爱珍珠宝贝，爱黄金白银，爱伟岸面白的男子，图财、图貌、图寂寞时的安慰，于是放任自己如泥猪癫狗，烂泥里打滚。像《大红灯笼高高挂》里的几房姨太太，变了形的奸俏阴狠，不怜悯自己，更不怜悯别人，牵着、扯着、拉着，齐了心的朝下坠，下坠的过程中，还你採着我，我蹬着你，没有个消停。

现如今也有一些女人，活得热热闹闹，无风也掀三尺浪，好教世人都认得自己，才算称心。这类女人热闹、喧哗、艳丽，没有脑子，想做大事下不起苦工夫，想出名又没有真本事，只好打着张扬个性的旗号，借助恬不知耻的炒作来使自己出位。只要能被人们认识，脱和露又有何妨？性和丑闻又有什么关系？对她们来说，这个世界就是一个大大的舞台，足够展示自己的无聊和无趣；又是一个大大的伊甸园，她们觉得自己是唯一的夏娃，理应得到全世界的爱。

她们不得志还安稳些，一得志便不是自己，说起话来高八度，看起人来用眼角的余光扫一下子，动不动就以名人自居。只是气球胀得快爆得也快，这是个毫不留情的世界，不会允许一个肥皂泡长久地晃来晃去，一转眼的工夫，"嘭！"只剩下一滴水，剩下一滴水还是改变不了她的本质，就像周国平说的：一个深刻的人无论顺境逆境都改变不了他的深刻，一个浅薄的人顺境逆境都无法改变他浅薄的底子。

她们长得未必不美，可惜她们的美被俗气琐碎吃掉了，像鲁迅笔下的豆腐西施，没事尖着个嘴，两手搭在髀间像细脚伶仃的圆规，得空就偷一副手套塞到裤腰里。她们当自己金镶玉，却原来是一串廉价的玻璃珠子。

就在不久的以前，世界好像还不是这个样子，白茫茫的似水流年里，真有一些如花女子开放，美到极致，艳到骨髓。

写《金锁记》的张爱玲，世人都说她冷，她的文章也冷，这个人天生就的一身艳骨，一片冰心，从里到外的冷。对她而言，所有前尘不过一出出不真实的皮影戏，所有生活也不过一袭爬满虱子的华衣。半生繁华，半生零落，到最后她在自己选定的蜗居里静静辞世，不给任何人瞻仰和悼念的机会。

唱《女人花》的梅艳芳，芳华繁盛，艳光四射，真把自己开成一朵花，摇曳在滚滚红尘。曾有记者采访她，要她谈谈理想的人生。想着她会说现今霓虹灯下一派辉煌的，没想到她却说的是希望不要辍学，希望拿高学历，希望做职业女性，如法官、警督等等，早早结婚生子……那个懂她的记者说："字字都是她的痛处。"真的，人人见她闪光耀眼，都艳羡不已，却没想到普通人轻轻易易得到的东西，她拼了命，这辈子也再也不会得到。没有受保护的童年，没有顺理成章的成长，想结婚却找不到人，没奈何跟刘德华等一干好友说，假如再没有人娶我的话，就请你们中一个，勉为其难，娶了我吧。谁想到娶也不曾娶的，新娘子的滋味今生都不曾尝过，四十岁就飘零舞东风了。

看王祖贤主演的电影《倩女幽魂》，片头里一大片血色红绸，音乐声里砉然展开，随风飘荡，目眩神迷的美让人沉醉；看她和张国荣对诗："十里平湖霜满天，寸寸青丝愁华年。对月形单望相护，只羡鸳鸯不羡仙。"可是鸳鸯最终也不见成对，只有这绝世美人独自老去，做了月宫里起舞弄清影的寂寞仙子。

眼见得多少如花美眷寂寂老，林青霞嫁了，王祖贤老了，梅艳芳死了，张爱玲像只孤鸟，把自己幽闭了，到最后也孤独地死了，翁美玲早早谢世了，那一代风流大观园，一霎时风流星散了！

如花美眷，似水流年。

看这个世界红了樱桃，绿了芭蕉

"帕格尼尼是黑色的，肖邦是湖兰；张爱玲如流金般，亦舒蜷在牙白里；母亲是淡黄色，小孩子是粉粉的红，这些老去的，年轻的男人和女人都有属于他们的颜色，翻过他们就像翻阅着斑斓的调色板。"

这个世界，就是一个大大的调色板。

初春是一个初长成的娇娇女，淡绿娇黄，就像《花为媒》的唱腔，它的前景是一片值得向往和期待的"花红叶绿草青青"。像宝钗的丫头莺儿，语笑若痴，宛转动情。春深是"红了樱桃，绿了芭蕉"的温温柔柔的粉光脂艳，红得端正，绿得经心，是那个安闲温淑的薛宝钗。夏天是"接天莲叶无穷碧，映日荷花别样红"，是疯狂恋爱时的色彩，容易失控，是那个外秉花柳之姿，内具风雷之性的夏金桂，偏巧她就姓个夏。晚秋是"满天明月满林霜"的清冷冷的银白，是被贬穷壤的苏轼，是不才明主弃的柳耆卿，是僵卧荒村的陆游，是怀一怀清霜的李叔同。冬天里一片肃杀，枯树裸露着黑铁般的枝桠，直直的近逼高而远的蓝空，是那个奔走在家业和人生末途上的老太君，是《金锁记》里用金枷劈死了几个人，自己也正走向坟墓的曹七巧。

凤尾森森、龙吟细细的潇湘馆，是清清幽幽的绿色；土墙编篱、纸窗木榻的稻香村是朴素的麦田黄色；短茎护墙、煽炉煮茶的芦雪庵是安静的土白色，像我夏天曾经做过的一身本白色布衣，飘飘洒洒，带着本分闲适笑看风云变幻的自在。黛玉是淡淡忧伤的紫色；凤姐是泼辣热烈的金红；宝钗是沉稳理智的正红；宝玉温柔的时候是淡蓝的，疯魔的时候是明黄，见了他爹就暗缩成了一小球儿的黑，出家的时候，是浪子终于回头，离弃了一切悲欢的透明。

他们的衣裳也是五颜六色：凤姐是走到哪里都一身的金光灿烂，家常穿来见刘姥姥，都是紫貂昭君套，桃红洒花袄，石青刻丝灰鼠披风，大红洋绉银鼠皮裙。若不是得宠，谁敢穿得这样奢华和耀眼。下大雪，琉璃世界，白雪红梅，黛玉换上掐金挖云红香羊皮小靴，罩了一件大红羽纱面白狐狸里的鹤氅，系一条青金闪绿双环四合如意绦，头上罩了雪帽，真是一个旷古绝世的美人。十来个人，铺天盖地的大雪里，一色的大红猩猩毡和羽毛缎斗篷，画上画的也没这样精致。

一时好玩，想起好多嵌着颜色的诗句来。比如说"红了樱桃，绿了芭蕉"，比如说"回廊四合掩寂寞，碧鹦鹉对红蔷薇"，比如说"深院下帘人昼寝，红蔷薇架碧芭蕉"，比如说"一片风光谁画得，红蜻蜓对绿荷心"，还有一个"落日平江晚最奇，白龙鳞换紫玻璃"最奇，少有人能想到。诗人有点另类思维。

前一阵子，走在街上和翻开杂志，都会看到一些这样的女子，把嘴唇涂得黑紫蓝绿，眼睛里透露着冷酷和不屑，用基本不是人的表情来招摇过市。估计这就叫前卫。不过，最传统的才最持久。如瀑黑发，如丹红唇，才是经久不歇的美丽。

再想得远一些，几乎所有模糊的情绪都可以用颜色来作一个恰如其分的表示。

爱情是变色龙，前期是朦胧的粉红，中期是如火的大红，新婚是娇艳的桃红，婚后经年是被太阳晒褪色的斑驳无趣的淡红，失恋是一条奔腾不息的黑水河。

亲情是温暖而不热烈的夕阳红，朋友是温馨而不灼人的玫瑰红，陌生人不期然的关怀是一团橘黄色的光，不定什么时候就拥抱和温暖了一颗彷徨失据的灵魂。

张爱玲瞅着红色的落日下坠的时候，心里说：这是个乱世。"年轻的人想着三十年前的月亮该是铜钱大的一个红黄的湿晕，像朵云轩信笺上落了一滴泪珠，陈旧而迷糊。"旧时的岁月是迟暮的美人，再好颜色也带着些冷烛无烟绿蜡干的凄凉。

纸回唐朝

"赐裘怜抚戍，吟鞭指灞桥。"明知道朝朝怜抚戍，代代有灞桥，偏一读这句诗，一下子梦回唐朝。

爱唐朝，爱它的扬扬意气，少年壮游，爱它的词赋满江，灞桥折柳。那是一个怎样的时代，每个有梦的人都可以仰天大笑出门去，做官的、务农的、经商的、诗人，个个都辗转天涯不肯归，不能归。

所以唐朝多离别，你看那柳丝儿轻拂，今朝被多情人折一枝两枝，明天就被带到千里万里，"枝头纤腰叶斗眉，春来无处不如丝，灞陵原上多离别，少有长条拂地垂"。有些暗笑，柳丝这东西绿得不久，拿在手里不一时就要蔫萎，送别的人偏有心情搞这套郑重的仪式，别离的人偏有心肠把它拿在手里，那个年代的人，偏有这番情怀如诗。

"河亭收酒器，语尽各西东。回首不相见，行车秋雨中。"相送相别时际，天上下的哪里是雨，分明行行都是离人泪。下雪更其难过，"轮回东门送君去，去时雪满天山路，峰回路转不见君，雪上空留马行处"。这一刻还举杯劝饮，下一刻你西我东，自此后饥饱寒暖、快乐忧伤、穷通际遇一概不晓，人有情处争奈天地大无情。

游子啊，就是这个样子，此身如寄，如云、如响、如飘萍，进山入川，谒庐拜墓，探望朋友和结交朋友，一路上仗剑徒步，无论得意失意，一身皆于当行处行，不得不止处止。山高海深，炎炎赤日，雨雪霜欺，一片冰心付与诗。

"月落乌啼霜满天，江枫渔火对愁眠。 姑苏城外寒山寺，夜半钟声到客船。"客船一宿，一灯如豆，夜半钟声"咶——咶——"响起来，响起来，霎时，天悠地远，山野空旷，叫我一个人怎么消受这番寒凉。

走累了，远远一处酒望，门前开着桔花，喷吐丹霞，霎时间心情喜悦，诗兴大发，挥笔写下："野店临江浦，门前有桔花。停灯待贾客，卖酒与渔家。"

和尚更是天地如寄，无牵无挂，走到哪里哪里家，写出诗来也烟霞闲骨格，泉石野山涯。"落叶已随流水去，春风未放百花舒，青山面目依然在，尽日横陈对落晖。"你看这大师一步步走到春天里，一眼眼看的是农夫牧童，细雨霏霏，"烟暖土膏农事动，一犁新雨被春耕。郊原眇眇青无际，野草闲花次第生"。这一刻情怀，想必也在青灯古佛黄卷之外。

所以说古人的诗不能多读，多读会不安于室，向往野草闲花，向往奇峰怪石，向往明山秀水，向往那个遥远的年代。心野处忙不迭打起行装，探寻我那有梦有诗的远方。

到了才发现星移斗换，一切于不知不觉间悄悄改变。接天莲叶还在，映日荷花也红，可是八百亩方塘处处笙歌处处随，一群群带着红帽子黄帽子打着小旗的游人，一伙伙卖纪念品吆吆喝喝的摊位，驯狮驯虎驯鳄鱼……

周国平说："从前，一个'旅'字，一个'游'字，总是单独使用，凝聚着离家的悲愁……每当我看到举着小旗、成群结队、掐着钟点的团体旅游，便生愚不可及之感。现代人已经没有足够的灵性独自面对自然……"确实如此，确实如此。

当自然成为风景，风景被设置成"点"，"点"被不衫不履地推陈与出新，荷花淀翻成人妖表演场，佛国五台处处都是假和尚，旅人何在？游子何方？自然呢？哪里还有自然？无非是挤到那人挤人人看人的去处马不停蹄走上一圈，照几张相，吃一顿所谓的特色小吃，心满意足回来。"何当共剪西窗烛，却话巴山夜雨时"的团圆于今随处可得，夫妻每相逢处"今宵持向银钉照，犹恐相逢是梦中"的轰然欢喜已如墙上泥皮，风侵雨蚀，面目全非。这个时代提供一切便利的同时，也顺带着消磨掉所有诗意。

这真不是一个作诗的年代，就是备上锦囊，也写不出一句诗来。诗的情绪来不及产生就已经消逝，烦乱的脚步让人忙碌和疲惫，上哪里再找真正的青山绿水、红花莲子白花藕来？折柳已成绝响，忧伤来不及产生就已如烟消散，只有一路的咚咚锵，咚咚锵……

"今宵杯中映着明月男耕女织丝路繁忙，今宵杯中映着明月物华天宝人杰地灵，今宵杯中映着明月纸香墨飞词赋满江……沿着宿命走入迷思彷佛回到梦里唐朝。"

月圆月缺，花开花谢，彩妆啼眉，青山绿水，大千世界无情绪，我还是翻开诗词，纸回唐朝。

天涯，最远最近的你

天本无涯，相对于个体生命来说，远处即是天涯。天涯二字，比之天下，更有一种苍凉和悲壮，宛如身心放逐之地。一身所至，或墟里依依炊烟，或陌上绿绿柔桑，或澹澹沧海，或莽莽群山，或冰雪极寒之处，或炎热酷暑之所，或六月荷花盛开映日别样红，或中秋桂子羞放风飘十里香，无论怎样的繁华或是冷落，怎样的阜盛或是萧条，都不再是自己的家。

所以，一个行走天下的人，在内心的孤独之外，是不能不抱"天涯何处无芳草"的信念的，不然怎么能够有勇气迈出离家的第一步？而守在家里倚门盼归的人，眼睛望不了多远，心里却早已经望断了天涯路。

《百年孤独》里有一个博学的加泰罗尼亚人，他为了逃避战争离开自己的家乡，来到马孔多，然后开始日复一日怀念家乡壁炉里咝咝冒气的汤锅、街上咖啡豆小贩的叫卖声和春天里飞来飞去的百灵鸟。这种怀念，直到他终于踏上故土才终止。取而代之的，是开始怀念马孔多书店后面暖融融的小房间、阳光照射下沙沙作响的灰蒙蒙的杏树叶丛、令人昏昏欲睡的晌午突然传来的轮船汽笛声。两种怀旧像两面彼此对立的镜子，相互映照，折磨着他自己。对他来说，故乡永远在天涯，最美的永远在天涯。

最远的天涯，既不能从时间，也不能从空间上来判断，而是人相对、心隔墙的咫尺天涯。

像一个女作家所说的：我站在你的面前，风吹动我的长发，你却不知道我在爱你。另一个人完全在不知情的情况下被爱慕、被思念，是不以为苦的，苦的是那个无法启齿诉爱的人。这也是一种天涯，是一个人的天涯。

多少恋人、爱人、情人，因了诸多原因，转身离去。这一转身之后，再没有昔日的温馨和激情，再没有以往的欢笑和泪水，或许从此之后再不相见，或是见面之后形同路人。两颗心的分离，就构成了世界上最远的天涯，这是两个人的天涯。

无论哪种天涯，只要是两颗心之间，都会远过万水千山、洪荒大漠。正像古人所说的：人远天涯近。脚步可以丈量无限的距离，却走不到一个人的内心深处。这是什么样的悲哀？

又想起了那个懵懂勇敢的小女子斯佳丽。阿希礼对她来说，是永远的天涯，两颗心跳动着的从来不是一个节奏，入了梦的，也不是一样的愿望和梦想。尽管她追求得那样的辛苦，却无法看进对面而立的这个忧郁的男人的眼睛里去。而她对于瑞特来说，也是永远的天涯。这个博学睿智，阅人无数，经历丰富的男人，也无法走进这个任性的小女子的内心，哪怕他那样的费尽心机，让自己的心被斯佳丽猫一样的爪子抓得伤痕累累。到了最后，斯佳丽幡然醒悟的那一刻，瑞特的心已经冰凉且坚硬地如同石头，她的回头和他的转身而去同时发生，两个人仍旧构成一个无法到达的天涯。

这样的事情，举不胜举，让人悲哀。换不回的人心，走不进的灵魂，丈量不完的天涯路。

还有一种最近也最远的天涯，就是相见正如不见，有情总似无情。两心暗相悦，却无力表白。一层窗纸隔开的两颗心，仍旧远似天涯。

一个朋友的个人资料里的一首诗，是对天涯的最好诠释："东边路、西边路、南边路，五里铺、七里铺、十里铺，行一步、盼一步、懒一步。雾时间、天也暮、日也暮、云也暮，斜阳满地铺，回首生烟雾，兀的不、山无数、水无数、情无数。"

情在一日，天涯就永远存在。只有什么时候理智统治了这个世界，才会泯灭一切的界限，包括时间、包括空间、包括感情。那么，也就不会再有打起背包走天涯的豪情和悲壮，不会再有人远天涯近的感喟和叹息，不会再有回首一望故乡月的怀念和向往。可是，谁又愿意做一个冷冰冰的机器人呢？只好任这永远的天涯，走进心的角落，占据一隅，并且在阴天下雨的时候，隐隐作痛。

落叶满阶
红不扫

秋天里落叶翻飞，到处重重叠叠，却又非绣非锦。正像千年古缎一朝挖掘，皱褶里藏着许多衰老和疲惫，阳光下让人担心一碰成灰。一下子想起一句诗来："秋风吹渭水，落叶满长安。"

碧水长天，一派清寒，风过处凉意无边。落叶开始飘飞，霎时间纷纷扬扬，覆盖了这样一座千年大城。汉唐的露水呢？美人的啼妆呢？达官贵人的峨冠博带呢？侠客长剑的呛呛龙吟呢？一切都如落叶，GONE WITH THE WIND。

世间万事，岂非莫不如此。

我手里有一套戴敦邦绘《长恨歌》，牡丹花前贵妃盛妆严饰，风流婉转，无上美丽。"云鬓花颜金步摇，芙蓉帐暖度春宵。"杨妃对镜理妆，明皇捧着花冠要给她戴上。镜里人面如花，眼波流转，二人相对，霎时都有些痴。这样的恩爱，当然任凭它鸟儿在窗外喳喳叫，花儿静悄悄地开，一室温香里睡着两个鸳鸯，好梦不愿意醒来。

可是曹雪芹说：红尘繁华中有却有些乐事，却不能永远依恃，转眼间化烟化灰。这句话像是给这个世界上所有的芳华繁盛下的一个凄凉的谶语，你看她果然就落了个宛转娥眉马前死。画面上那个芳华绝代的红衣女子横躺在地，满地落花飘零。一代美人，就此消失，如同秋风漫不经心地吹下一片长得不牢靠的叶子。

为什么突然想起这些，因为我正面对满山的落叶，看着它们雨样落下，不知怎么就想起了一句诗：楼兰空自繁华。

想当初，春叶初滋，浅碧醉金，陶陶然迎风起舞，可是转瞬间就风雨交加。一片叶子一生能够经多少次风？历多少场雨？风狂雨骤中又有多少叶子中途离席？今天还在借着风力彼此触摸，唱着歌称兄道弟，明天已经天上地下，你东我西。落了的蜷曲在地，已经什么都不知道了，枝上的虽然日日悲悼，亦无可如何。谁知道明天的风雨中，落下的有没有一片叶子叫做你我。

我手里还拈着一片刚从树上摇下来的红叶。已经跋涉过三季的叶子却在猝不及防中断然零落，来不来得及大叫一声"不"呢？电视剧中不是这个样子吗？巨大变故面前谁肯安静和沉默。可是叶子不演戏，它落了就是落了。对待生命，也许一片叶子远比人洒脱。

我发现自己此刻的心情正是猿啸天外、雾失楼台。这不是一个好现象，这一点我很明白。可是风也吹来，浪也打来，霏霏淫雨正把我全身浇湿，而我看着一个又一个人来了又走了，出现又消失，实在想不通生命到底是怎么回事。正如邝美云在《我和春天有个约会》所唱："纷乱人世间，除了你，一切繁华都是背景……这段情只对你和我有意义。"

西宫南内多秋草，落叶满阶红不扫。层层叠叠的红叶是凄绝的心事。如此纠缠不清的时间和经历里，也许我倒真的应该把过去的一切像落叶一样清扫出去，留一片空地给月光，留一片空地给霜雪，留一片空地给自己。

然后我就会发现，其实秋天不光有落叶，还有成排成阵的大白菜，被稻草裹住叶裙，安静地在风中静立。棉花开得雪白，一只蝈蝈咯吱咯吱地叫着，天上一片一片的云彩。而秋风起兮，遍地落叶遍地金也是不错的景致。秋草蓬松，雨丝斜织里一派清明的酸辛岂非正是秋的本味。

"当久久地目不转睛地看着深邃的苍穹，不知何故思想和心灵就感到孤独，开始感到自己是绝望的孤独。一切认为过去是亲近的，现在却变得无穷的遥远和没有价值。天上的星星，几千年来注视着人间，无边无际的苍穹和烟云，淡漠地对待人的短促的生命。当你单独和它们相对而视并努力去思索它们的意义时，它们就会以沉默重压你的心灵，在坟墓中等待着我们每一个人的孤独之感便来到了心头，生命的气质似乎是绝望与惊骇。"

灯下读契诃夫的文字，其时我已经从山里回来，离开了那个荒凉的世界。听着窗外吱喽吱喽发哨的风声吹动木叶，一时间不知道到了哪里，闭上眼还是满山的红叶堆积。

邻居抱着牌匣大呼小叫他来邀玩，伸个懒腰，站起，一步跨出房门，霎时就忘了前情。管它一树的红叶怎样盛开，怎样凋零，秋日寒凉的空气中一只小鸟试探地叫上几声。我坐在奔流不息的时间里，谈笑风生，任凭满天的叶子飞舞，最终覆盖苍凉的生命。

北国看雪

对北方人来说，冬天如果不披霜挂雪，好像就不是冬天。

"你看着，一个冬天不下雪，说不定一入腊月就下个没完。世事就是这样……"婆婆发感想，我一边吃饭一边心里反驳："别那么武断嘛，说不定进了腊月也一粒雪见不着呢。"没想到腊月初一就开始下雪。昨天半夜先生拉我起来看，前面的雪尚未化净，外面又是白茫茫的一片，不由惊叹老人的智慧真是不浅。

开了阳台灯，夜雪乱纷纷扑往灯影，乘风如蛾，最是撩人，狂放处风情万种，如舞台上白衣白裙的女人，踩鼓点如急急风。北国看雪，如目北国女人，虽不似南雪美艳、滋润，却别有快刀青衣爱时敢爱、恨时敢恨的利索与倾情。有时片大如梅，湿重、缠绵；有时干细如粉，落在衣上、枝上、地上，啪！就碎了。南雪则是彩衣花旦，在天地间飘飘舞动，宜唱《天女散花》或《贵妃醉酒》，看贵妃衔杯而饮，腰肢细软如杨柳，眉梢眼角俱是风情。

侵晨而起，一路步行，一步一心惊。雪薄而凉，像变了心的情人。狗的脚印专门印在没被踩踏过的白雪上，有一种抒写什么的欲望。一只黑猫袅袅而行，步态从容，像巫女、像模特，回头间瞳孔黄光一闪，"喵"一声不见，大白天平白觉出阴森。一个女的一边走一边打电话，团白的脸，细薄红唇，紧身黑袄沿红边，舞台效果出来了。一个长长的中学生，猛跑两步，"哧溜"滑出老远，回过头来胜利地笑，旁边左近并没有人，不是表演给谁看。我也想来一下子，就照他这样，可是不敢。下雪人人爱，可是雪路真是难行——就像纷繁的世情，一霎时遍地鲜花似锦，一霎时遍地寒雪冰冷。

去河上滑冰，带着孩子。铺满白雪的冰面上到处是人，老人、孩子、中年人。坐着简陋的滑板，一下下笨拙得像企鹅，大家都在笑，孩子们在不远处玩，尖声叫喊。猛听得冰面"咯嘣嘣"一路响远，大惊，转身欲逃，却又回过神来，命令先生："快，叫孩子们！"先生拍拍我："不怕的，这是冰在膨胀。"吓散了的魂儿这才慢悠悠归窍，却开始对厚厚的冰面产生不信任，每走一步，都觉腿软，所谓"战战兢兢，如履薄冰"，唯有此时，体会最深。

雪是常情以外的东西，如雨、如风，却比雨干净、比风从容，所以招人待见。白雪红梅是好景，雪水煎茶是雅趣，一树僵枝静静竖在那里，别有一种苍黑雪白相映衬的诗意。雪是对日常生活一场不动声色地和平演变，叫人在天地皆白的玻璃盒子里，像一片茶叶泡在雪水里一样，身心渐觉舒展。身心舒展了，困住自己的世界就越发显得小得不堪。平时看出去的宽房大屋，高楼大厦，此时看去，也无非一个个的火柴盒子，静静排列，脆薄处摇摇欲坠。一个火柴盒子贴着大红喜字，往外喷吐着喜气，新娘子妆扮一新，人们出来进去，看上去像蚂蚁娶亲。雪把世界变大了，却把人奇怪地变小了。小小的人在茫茫无际的天地间，说不出的细瘦可怜。

走在雪上，想跑，想跳，想写大字，想盘膝而坐，想画个大大的心，心上插一把丘比特的箭。一切正在进行的常规事务好像都有理由戛然中断，就连思路也如一个一个的断点，连不成线，像一粒粒的艳红花瓣，漂浮在意识中间。好比阿Q临睡的情状："辫子呢辫子？秀才娘子的宁式床……"一场华丽的梦想。明知道醒过来还是寻常世界，雪却把人像麦苗一样盖起来，怂恿着人去做一个和寻常粗糙的日子不相干的梦，梦里飞花自在，清溪流水，却又不是春天；恍然身在天堂，却又在半梦半醒的意识间，觉出一种自觉无奈的荒唐。

世界就是这样子的，雪来了，雪走了，一切又是老样子了，可是梦却不间断地做起来了，做着做着，就到繁花嫩柳的春天了！

卧听荒村风吹雨

　　枯草，枯树，枯藤；荒山，荒石，荒村。

　　村里有人，有鸡，有狗。一个老头子，拎着两三个柴鸡蛋，亦步亦趋跟在一个蹒跚学步的小娃娃后边，胳膊像老母鸡一样乍开。两个人在推磨，青石板的大圆磨盘，曲里拐弯的木头磨杠，一前一后，推得"咕隆咕隆"响。磨上是黄黄的小米面，看得人眼馋。煮出粥来，热气腾腾，就一盘切成细丝的小咸菜，再用碧绿的香葱，炒一盘鲜黄嫩白的柴鸡蛋……远远传来一声鸡叫，同行的人猜是公鸡打鸣。真是！哪有公鸡这样叫的："咯咯——答！咯——咯——答！"分明是母鸡下蛋。

　　奇怪的是，小村里鸡叫狗不咬，偶尔一只大黑狗从身旁经过，特意停下来对我们看看，眼神很柔和，没有凶光，像个心地纯良的老汉。哪像城里，贼盗蜂起，哪一条狗不是被训养得青面獠牙的瘟神样？我真见过有人弄两条藏獒给看大门，谁从那儿过，就得领教打雷一样的吼声。

这里的山荒、树荒、人也荒，所过之处，十家倒有八家锁着门，门桄生锈，家人远徙。随手推开一家院门，典型的小小四合院，东西南北皆有房屋，正房里外两间，简陋干净，平平展展的花布炕单，七八十岁的老奶奶是唯一的女主人，绝对不会骂我们，无论我们用普通话怎么说，她都只是眯眯地笑，一边"嗯，嗯"——原来她连普通话也听不懂。儿女远扬，剩下她孤身一人，火炉上坐锅，锅里煮着银丝挂面，案板上有刀，散堆着红椒青蒜。

正月刚出，年味不远，家家门上还贴有大红春联，城里对联沾染了太多的欲望，比如升官，比如发财。这里的对联却很雅正、清新，形制也新鲜。家家是木门，家家都有一个小小的深门洞，木门凹在里边，门楣上倒贴两个福字，两个门扇上各有一条对联，组成一对，两边门框上又各有一条对联，又组成一对，一个小小的门上，就这样贴满了热闹和喜庆，但这种喜庆是静的。门上一联："芳草春回依旧绿，梅花时到自然红。"横批："春色宜人。"门框一联："月明松下房栊静，日照云中鸡犬喧。"听听，这是春暖花开、日落月升的声音，这是松风梅绽、鸡鸣犬吠的声音。生活在这样的世界，哪里还有宁静不下来的心灵。

小院里有石磨，石磨旁有辘轳，辘轳上有绳，绳上有桶，桶下有井，井里有水，清可鉴影。屋里有旧时人穿的三寸金莲，红紫金线，刺绣玲珑。一直不知道金莲三寸是什么样子，只知道很小很小，却原来是这样尖尖巧巧，足尖似针，可怜那样的时代，可怜那个时代里可怜的女人。屋里居然还有三十年前我的祖辈父母一直在用，现在已经难觅影踪的提梁壶，和我奶奶坐在院里纺线的纺车。一霎时有些眼花，仿佛看见一个头发花白的老人，盘腿坐在蒲团上，一手摇转车轮，一条胳膊伸得长长的，抻出一条细细白白的棉线，嗡……嗡……

　　一时间有些眩晕，不知道身处何地、我是何人。明知道这是井陉县的于家石头村，传说明代于谦避难藏身于此，后人一直繁衍至今。此地有石屋千间，石街千米，石井千眼，全村六街七巷十八胡同，纵横交错，结解曲伸，每条街道均以乱石铺成。石头瓦房，石头窑洞，石头平房，依高就底，顺势而建，邻里相接，唇齿相依，呼应顾盼。点缀其间的有深宅大院，古庙楼阁，遍布全村的有花草树木，春绿夏艳。 这些我都不管，只希望有一天，心愿了却，再无遗憾，到这样一个安安静静的小村庄，赁一处清清净净的四合院，敲冰烹茗，扫雪待客，无人时吟啸由我，心静处僵卧荒村，听风听雨过清明，野草闲花中眠却，也算不枉了此生。

青梅老

　　梅葆玖老了。几年前在舞台上见他，还颇精神；如今再见，已是银丝相逐生，齿落舌也钝。六十八岁的高龄上台唱《贵妃醉酒》，颤颤巍巍，很让人有些心惊，再看两旁居然还有人护驾，简直就是一种嘲讽。都说他是梅兰芳先生诸子女中唯一酷肖乃父的，但见过梅兰芳留须小照，须发皆黑，眼神明媚婉转，对比其子老态，越见出时光残忍。

　　可是梅葆玖开始唱了。"海岛冰轮初转腾，见玉兔，玉兔又早东升……"那样的眼神，那样的手势，那样的得口应心，那样的声调丝丝缕缕出来，就像飘飘荡荡展开一匹华丽的锦缎，说不出的美艳动人。无由想见其父当初演出的盛况，可是原来望梅真是可以止渴的，哪怕梅子已老，一样如临水照花，惊鸿掠影。

手里有一整套梅兰芳戏曲贴画，是我的宝贝，托朋友从上海远道买来。无事细看，论扮相毕竟是个男子，可是怕看他的眼神，<u>丝丝入扣</u>，随剧情一上一下地缠绕起你来。这个时候心就痛了，想：真要命，你不要做得那么美好不好？想起他在戏台上扮的昆曲《断桥》中的白娘子，一声"冤家"，一指头戳在相公额上，"唉哟"一声，许仙往后一倒，"她"赶紧一扶，又想起是这般负心汉，再轻轻一推。就是女子，若无柔情万种，也断然做不出这样举动。

京戏是慢的，一句话必定要拉成两三截，再咬文嚼字地吐出来，可是假如听了进去，没有谁烦，因为它滑得像丝，明丽如水，宛如在粗糙、灰暗的生活中突然冒出一个绝色好女子，或者白茫茫一片大雪里，猛绽开一树喷火蒸霞的梅。相信当年那么多力捧梅老板的人，是醉在了一场又一场的《霸王别姬》和《贵妃醉酒》里，醉得忘了谁是谁。一场大梦做<u>过</u>去，再带着一脸满足醒<u>过</u>来，全凭一个人的声音、眼神，手段，就带人赶赴了一场精神的盛宴，这是多么了不起的事。

在《红毹纪梦诗注》里，张伯驹记王瑶卿当时评价梅兰芳的是这么一个字："样。"这种样，就像丝绸做出来的华丽牡丹，宝相庄严，风华绝代。遥想当年，京剧舞台上红飞翠舞，玉动珠摇，攒三聚五，梅兰芳菲，一场华丽花事盛大上演。程砚秋像不事张扬的茉莉，开在暗香浮动的黄昏；马连良给人感觉长袍大袖，飘飘然潇洒有仙人之概；麒派的周信芳老先生则是壁上挂着磨刃十年的龙泉剑，呛呛夜鸣，又如鸿门宴上的樊哙，瞋目而视，目眦尽裂；四小名旦中的张君秋先生的唱腔，每句第三、四字尾音上挑，是美人微微上挑的丹凤眼，无限风韵，尽在眉梢眼角。

可是，世上好物不坚牢，彩云易散琉璃脆，随着名角相继谢世，一个粉光脂艳的时代终于走向终结。1958 年，程砚秋去世；1961 年，梅兰芳去世；1966 年，马连良去世；1968 年，荀慧生因被批斗引发心脏病，去世；1976 年春，尚小云去世……十万春花如一梦，大师仙去梅子老，还剩多少芳华共妖娆？

日前，看京剧后生王佩瑜在中央电视台开的个唱——齐派老生专场。一个谨约儒雅的年轻女子，穿深色西装，理清爽短发，戴斯文的眼镜，眼神清亮澹定，就那样一句句唱将来："哗啦啦打罢了头通鼓，关二爷提刀跨雕鞍。哗啦啦打罢了二通鼓，人又精神马又欢……"比戴髯口、穿大袖地扮起来，别有一种剥笋露青之美。

年轻人唱老生，和老年人唱小旦与青衣，其实，都是美的吧。这样的美，既是对岁月风霜的抗拒和不妥协，又是尽着生命之树明亮着花的温柔姿态。青梅总有一天会老，不老的是情怀，老梅总会继发青枝，就这样一代代延续美的故事。

劫数与欢颜

读章诒和的《伶人往事》，通篇看过来，无非四个字：劫数、欢颜。

叶盛兰，中国京剧头号小生，祖籍杏花春雨的江南，故乡多水，白面剑眉的英气里竟然有水般的潋滟。唱做皆优，昆乱兼擅，小生戏会演，小旦的戏也会演。当年与小翠花合演《杀子报》，扎靠衣蟒的周瑜化身为官保的小姐姐金定，下跪为将要被杀的弟弟求情，哭得那叫一个恸，逗引得观众热泪滚滚。

程砚秋，抑郁端正，眉目含悲，活脱脱一副青衣相。他的唱腔鬼斧神工，"高出则如天外游云，低唱则似花下鸣泉"，乍听不惯，久听上瘾。

马连良好似戏牡丹的吕洞宾，风流入骨，飘逸斜出。一出《游龙戏凤》，别人扮演的永乐帝像流氓，他扮演的永乐帝才像皇帝——就有这样的华丽庄严。台下的姿态神情也颇可欣赏：说话疾徐适中，目不他瞬，动止中节，极艺术又极自然，圆通却令人不觉圆通，是由真性真情弥漫开的宁和之相。

看很早很早以前的京剧录像上面的演员阵容：梅兰芳、谭富英、马连良、裘盛荣、程砚秋、尚小云、言慧珠、俞振飞、杨宝森……那是一个多么奢侈的年代，一代名角攒三聚五，华丽得不像样；整个京剧天地梅兰芳菲，欢乐得不像样。

可是，马上劫数就来了！

1957 年的叶盛兰，戴着右派帽子扮演小生，照样和杜近芳扮演的小旦在舞台上痴痴笑笑。他是吕布，她就是貂蝉；她是白娘子，他就是许仙；陈妙常和潘必正、梁山伯和祝英台，一个是妹妹，一个是哥哥，一个是儿夫，一个是女娘，一个是冤家，一个是天仙，梁兄死掉了，英台在坟前哭吃嚎啕，恨不能与梁兄白头同到老。可是，批判会上，杜近芳的近程子弹射得叶盛兰血迹斑斑：思想上他煽动我和党对立，政治上他拉我上贼船，艺术上他对我实施暴力统治，生活上他用资产阶级思想对我备加腐蚀……甚至这种说不清道不明的仇恨一路烧到舞台上，只要背向观众，杜近芳就会咬牙切齿骂一句："你这个老右派！"转过身来，又是你侬我侬，轻爱蜜怜。

程砚秋一生钟爱《锁麟囊》，却被禁演。从此他只有在梦里扮着薛湘灵唱："在轿中只觉得天昏地暗，耳边厢，风声断，雨声喧，雷声乱，乐声阑珊，人声呐喊，都道是大雨倾天。"

马连良爱做人，会做人，劫难一来，却不能做"人"了。他连人的样子也没有了——红卫兵把他的家洗劫一空，古董、字画、摆设、玩意儿都砸碎在地，他瘫坐在自家的厕所里，面灰如土，穿的白衬衫全被撕破，脸上、身上都是伤。死前第三天拄着拐棍在剧团食堂买了面条一碗，还没到嘴，一个跟斗跌翻在地，拐棍、面条、饭碗扔出老远。三天后，1966 年 12 月 16 日，与世长辞。

　　……

这不是劫数，是劫难。它不期而至，毁掉的不是几个人和几场戏，而是几百年、几代人含蕴出来的繁华盛景，珠玉宝光。可是，它又是一场劫数，否则怎么解释多少人不约而同，一起掉进厄运的深渊，一夜之间，欢颜就变了夕颜？

其实，说句冷心肠的话，没有那一场劫数，欢颜也会变夕颜。

我们的世界是快的，京戏是慢的；我们的世界是躁的，京戏是静的。我们的选择太多了，生命都被无数的选择淹没，浅尝辄止的欣赏习惯让我们再也无法专心倾听京戏发出的独一无二的繁响。

那一场全盛时代已经过去，留给我们的将是永久的空虚。这场空虚亟须一场新的艺术形式把它填满，可是，我们的思想如此凌乱，不知道何去何从。大道罔通成就了许多迷惘的生命。有哪一种艺术形式还能够让我们心无旁骛，为它痴狂？

现代文明汹涌而来，它那强悍的冲击力让传统文明只有招架之功，无有还手之力。做什么？为什么？图什么？乐什么？一系列疑问悬在头顶，照耀着人们一边繁华，一边寂寞，一边吃喝，一边饥饿。

东篱黄菊
和酒栽

　　赤日炎炎，逃进深山。干净清冷的空气，曲曲折折的山岭，疏疏落落几户人家，住几孔砖砌灰抹的窑洞。大锅贴饼子，柴烟袅袅地香。

　　我出身农村，老家还有二亩薄田。我早打算好了，等我跟先生都老了，城市生活也过够了，就解甲归田。三间清凉瓦屋，一个农家小院，院前一棵钻天杨，院后一块小菜地。五爪朝天的红辣椒，细长袅娜的丝瓜。丝瓜旺盛的时候，大家抢着往绳上缠，一捆一捆的黄花。长豆角在架上爬呀爬。

　　清早起来，掐两根丝瓜，一把红辣椒，在大锅里用铲"唑啦唑啦"地炒。或者到菜园子里拔两棵嫩白菜，旺火，重油，三五分钟出锅，香喷喷一碗菜就上桌了。再拔两根羊角葱，在砧板上噔噔地斩碎，香油细盐调味。煮一锅新米粥，上面结一层鲜皮。转圈贴一锅饼子。放下小饭桌，二人对坐，一边吃饭，一边回忆一些陈芝麻烂谷子的旧事。那时候想必我的姑娘已经成家立业，一到过年过节，就会带着她的娃娃来看我们。小娃娃进门就一边叫"姥姥"，一边蹒跚着小短腿往前跑。我抱起来亲一下，再亲一下。

春天里薄暮清寒，五更时落几点微雨。这样天气不宜出门。现成的青蒜嫩韭炒鸡蛋，一小壶酒，老两口慢条斯理对酌。眼看着门外青草一丝丝漫向天边，比雪地荒凉。

夏天嘛，很豪华，很盛大。远田近树，绿雾一样的叶子把全村都笼罩了。蛋圆的小叶子是槐树，巴掌大的叶子是杨树，还有丝丝垂柳。向日葵开黄花，玉米怀里抱着娃娃，娃娃戴着红缨帽，齐刷刷站立。

搬把凉椅，坐在树下，仰头看叶隙里星星点点的蓝天。一群群的白云像虎、像猫、像大老鹰。一片片的草绵延着往外伸展，有的脑袋上顶一朵大花，像戴一顶草帽，摇摇晃晃，怪累的。蜜蜂这东西薄翼细腰，大复眼，花格肚子，六足沾满金黄的花粉。

然后秋天就来了，玉米也该收了，高粱红通通的，天蓝得像水，风渐渐变凉，使人忧伤。夜夜有如德富芦花的诗："日暮水白，两岸昏黑。秋虫夹河齐鸣，时有鲻鱼高跳，画出银白水纹。"谁此时没有房子，就不必建造；谁此时孤独，就永远孤独。

冬天到处一片白，干净，利索，一场厚雪下来，枯草埋住了，路旁的粪堆埋住了，一切的一切都堆成浑圆的馍馍。走出家门，一无遮拦，一马平川的白色。

农村不是天堂，自古及今，它的象征意义都是多面的，既安闲隐逸，又辛苦寡薄。可是，人类从土地中诞生，成长，无论怎样显赫尊贵，抑或困窘贫寒，都有一种回归土地的本能的欲望。我是幸运的，将来有这么一个可意的栖身之所。其实，对于辛苦的现代人来说，哪怕没有丘山，没有田园，只要心在，梦在，一样可以东篱黄菊和酒栽。

百花深处

　　董桥属文，引一位女士的信，说她曾住过的东总布胡同楠柿楼里的花讯："偶尔有点儿不冷不热的雨，庭院里花事便繁：玉簪、茉莉、蜀葵、美人蕉，白白红红，烂漫一片。半庭荒草，得雨之后，高与人齐。草长花艳，也是一番景致，不知足下此刻可有赏花心情？若得高轩过我，当可把酒药栏，一叙契阔。"

　　引人怀旧。

　　小时我家住乡村，民生凋敝，高房大屋少，里弄小巷多。以村中央一口甜水井为中心，往外布射着条条小胡同。

　　天蒙蒙亮，我爹便用一根颤悠悠的枣木扁担，挑两只铁皮桶，扑踏扑踏，步出胡同，胡同口的大槐树衬着天光，是一团阴阴的影。青石砌起的井台被多少代乡民的鞋底磨得锃亮，井旁竖木辘轳，辘轳上一圈一圈缠粗麻绳，绳端铁钩，我爹把它钩住铁桶提系儿往下一悠，再单手拧着辘轳把往下倒，吱呀，吱呀。桶落水面，咚然一声，接着听见咕嘟咕嘟桶喝水的声音。待它喝饱，再双手慢悠悠往上摇，吱呀，吱呀。老槐树上掉下一粒两粒青白的槐花。

我爹挑水前行，身后水迹弯弯曲曲——胡同不直，乡民把土坯房随性而建，东凸一块西凹一块，搞得胡同也东扭一下西扭一下。乡民聚族，当时整一个胡同都是"闫"姓。把住胡同东口的是大爷家，大爷的岁数倒是不大，辈份大，喜抽亲手卷的叶子烟，五十余岁即去世。在他去世前一年，大儿子跑到乡里办事，办完事蹲在路旁的石碌碡上抽烟，被一辆大卡车卷进车底，收拾残骸时已不成人形。大爷一夜老十年。我对他家最鲜明的印象是猪圈，因大爷喜欢蹲在圈沿上抽烟，猪对着他哼哼。我背着花格布书包，天天上学放学都能看见。

把住胡同西口的是大娘家，大娘是个寡妇，独力拉扯大了二女一男。大女儿嫁到外地，珠光宝气，手里攥着花一万多块买的大哥大，好似板砖。数年后早逝。二女儿漂亮，嫁了人后包了金牙，喜吃生炸的饺子，打公骂婆，颇凶悍。儿子天生瘸腿，如今五十岁，动不动间他的老娘："光吃饭不干活，你咋还不死？"我在路上见过他，唯一的儿子不知何事正蹲监狱，满脸胡子拉碴。

再进去路东是牲口圈，几间畜栏，无朝无暮地散发着粪气。路西便是我家，碎砖的墙，土夯的院，院根有阴阴的绿苔。小方格的木窗，一个格里贴一张窗花——兰花、抱绣球的猫、小老鼠上灯台。日晒雨淋，是旧旧的黄红。正屋三间，灶屋一间，秋忙时节，大人顾不上我，我就在灶屋的柴禾上睡觉。夜晚大人酣眠，我大睁着眼睛，看窗外的大树在窗纸上画出簌簌的活的影，胆战心惊。

胡同是把勺，我们这三家算是勺柄，再往里勺头部分也生活着三户人家。

一户是我的亲叔叔。他家门外有个巨大的青石碾盘，碾盘上有碌碡，碾谷碾麦。我七八岁那年冬天，耍顽皮，跑到他家的房顶上，两腿耷在房沿，鞋带开了，低头系鞋带，啪！整个人正正地趴在碾盘上，像贴烧饼。趴了半天，才喘匀一口气，爬起来跌跌撞撞找我娘："娘，娘，我从房上摔下来了！"我娘立马抱起我找郎中，老郎中看了看，说没事没事，让孩子躺下缓缓。现在想想，人小骨嫩，且穿着厚棉袄，又避开了大石磙，真幸运。

一户是我的堂伯。我对他家的猪圈也是大有印象，他家猪圈是空的，不知道谁扔了一个丝瓜，我奶奶哄我爬下去，拾上来，剁剁当了包子馅。

另一户也是堂伯。他家有个很凶的奶奶，小脚像锥子，下雨走在泥地的院里，一走一个深深小小的坑。有一次好玩叫了一声她的名字，她领着一大家子打上门，要跟我这个五六岁的娃娃算账，说，老人的名讳是你这个小狗蚤叫得的吗？

　　胡同里活的人个顶个烟气腾腾，偏偏胡同里的墙根下，家家内墙四围，土做的庭院边上，栽种着种种的洋姜花、大丽花、指甲花、玉簪花、茉莉花、桃花、杏花、梨花、李花。春暖时节，花事繁盛，给整个胡同都罩上一层百丈红尘撕不破的静。

　　现在老年人一个两个三个地作了古，青石碾盘莫知所踪，甜水井莫知所踪，陈旧的、雕着花的、不知道哪年哪辈传下来的八仙桌椅莫知所踪，画着猫瓶（一只猫守着一瓶花）的躺柜莫知所踪，提梁的茶壶、手织的棉布、我自己亲手绣的金鱼戏莲的手帕，莫知所踪。那些鲜鲜的、不名贵的、热闹却又超出世尘的花，也莫知所踪。

　　整条闫姓胡同已经不在，张姓胡同、赵姓胡同、李姓胡同……都已不在。整个村庄搞规划，横三刀竖三刀，刀刀砍得胡同老，且又处处在在盖高楼。这时候读汪曾祺的《胡同文化》："有名的胡同三千六，没名的胡同数不清……"就不知道该哭还是该笑。

　　无数乡村的无数胡同，在世亦无名目，消亡更无名目可资留念，怅望低徊也只属于我这样的中年人。年轻人对于胡同，实实的无印象，连带亦无感情。

　　"撑着油纸伞，独自彷徨在悠长、悠长又寂寥的雨巷，我希望逢着一个丁香一样地结着愁怨的姑娘。"诗名"雨巷"，其实也不过就是想在长长的、下着雨的胡同里逢着一位诗意的姑娘。如今胡同不在，没有槐叶和丁香的芬芳，也看不见撑着油纸伞的结着愁怨的姑娘。这样的诗亦不会再有，文亦不会如春草，更行更远还生。

老巷不在，旧宅不在，花叶不在，天边斜阳和连天的衰草亦不在，改变的不独是人的心态，亦是中国文学的生态。

有句英文这样说："Now sleeps the crimson petal, now the white."意即："绯红的花瓣和雪白的花瓣如今都睡着了。"董桥又写过一篇《胡同的名字叫百花深处》，文章未见多么风致，篇名却无限婉约。百花凋敝，胡同也湮灭进浩浩光阴，就像花瓣入了睡梦。

青花瓷瓶
绣花针

一室俱静。

翻一本杂志。

听音乐。

第一次听《青花瓷》。"素胚勾勒出青花笔锋浓转淡，瓶身描绘的牡丹一如你初妆"，只觉得艳。素素的，像淡白的衫子上画一枝缀着红苞的梅，那种"淡极始知花更艳"的艳。

歌者再唱，底下一句一句，"天青色等雨，而我在等你"，"如传世的青花瓷自顾自美丽"，都是可以预想见的情思宛转。一直到"你隐藏在窑烧里千年的秘密，极细腻犹如绣花针落地"，一下张开眼睛，瞳孔尖缩似针，深处仿似看见一景，镜头摇近，特写，频速调慢，一枚细细的绣花针坠于地面，如落入时光，发出极微小的铮然一声，叮——余韵袅袅，涟漪阵阵，滔然心惊如浪。

就好比当初听《东风破》，每一到"谁在用琵琶弹奏一曲东风破"，"琵琶"和"东风破"竟是如此完美的贴合，好比一个好女子半背转了身，一手将水袖搭肩，另一手将水袖拖了地，千言万语装满腹，却是一个字也不肯诉，一颤一颤，如蜻蜓撼动袅袅的花枝，摇动人的心尖。

青花瓷、琵琶曲，传达的不是现世匆忙、斤两计较的爱意，而是绵远幽长的年代的脉脉凝思，那是时光如绸，绣花针在上面一丝一线绣出的牡丹花和回文诗。

时光又是那一只大大的青花瓷瓶，任由它芭蕉夜雨，霜冷长河，笔锋浓转淡，于它瓶身绘牡丹。

手里的杂志上满满的图片，埃及巨大的孟菲斯墓地，还有金字塔。古代的法老啊，端正笔直，端坐在山崖底下，两手规规矩矩放在膝盖，目光平视，不知道是什么引发他的千古沉思——而你那个狮身人面像又到底是个什么意思？

还有阿富汗的巴米扬大佛，差点被炮火轰成渣，那么高，那么大。你明明大有威能，为什么不肯保佑自己躲过这场劫？

还有以色列的圣城耶路撒冷，犹太人的圣城、基督徒的圣城、伊斯兰教的圣城，唯有它在人间唯一享此殊荣。我却看得见陈旧的旧城和那堵被以色列人的眼泪浸泡的哭墙，看不见它的荣光。

还有安徽乡村田埂道上的目连戏，那扮演目连的男子，起码已有六十岁，惨白的粉底抹不平脸上的沟壑皱褶，大张的红唇看得见他的声嘶力竭。观者寥寥，而身前一个蹦来跳去烘托气氛的红发小鬼，和他一样的年岁，把同样的衰迈渗透了整张铜版的纸。

　　还有陕北的窗花娘娘，她剪的窗花，看得人"心悸"，没错，就这个词。大大的眼睛，净白的脸儿，佛样地端坐贴在窑洞的墙面。额前流苏，身上霞帔，发上璎珞耳畔坠，在在处处都是花，春城无处不飞花，她的头上、脸上、手上、脚上、胸前、背后，一分、一寸、一毫、一厘，无处不曾飞满花。无一剪偷懒，无一处犯重。上和下不重，左与右不重，就连左袖上的花和右袖上的花，都是左边缠枝莲，右边铰牡丹。花与花缠绕漫卷，看得分明，却不敢看得分明，越看越摇动心旌，教人爱得心痛。可是她死了，无人继承。

　　还有泰姬陵，还有昆曲，是的，还有丽江。

　　我去过了周庄，却不敢去丽江。

　　到处是人，到处是电声光影，到处是伪饰的古雅，真正的细腻和悠远却无人继承，真正的寂寞和宏大却无人继承。它们都在，那么庞大，那么豪华，那么悠远，那么细腻，宛如青花瓷，被风沙、光阴、人心、浅艳的繁华与喧嚣寸寸蚕食，到最后只能淹灭进光阴，好比一朵灯花沉入水底，又好比青青的凉砖地上，一枚绣花针坠地，"叮"地一声。

　　午间做了一梦，梦见自己在家门口的小小的土坡上面浇水，种瓜，脑子里想起四个字：瓜瓞绵绵。梦里也觉得好，因"绵绵瓜瓞，民之初生"。大大小小的瓜爬满一地，子子孙孙无穷无尽，那是什么样的景象。

可惜我们的文化不是瓜，是针。一枚一枚掉落进光阴的青花瓷瓶。

"叮"，一声。

"叮"，又一声。

秋心艳

胡兰成在《今生今世》里自言想起小时的制玩具，实在没有一样好。倒是过年时春年糕，央叔伯或哥哥捏糕团做龙凤、羊及麻雀，来得有情意，"央红姊用深粉红的荞麦茎编花轿，有红姊的女心如深秋的艳"。

"艳"是好词，得其时而艳更好，所谓粉光脂艳，端端正正，有一种贵气与从容。若是不得其时，却惹人哀惋。尤其是秋心，艳不得，只好如德富芦花称："日暮水白，两岸昏黑。秋虫夹河齐鸣，时有鲻鱼高跳，画出银白水纹。"若是艳乍起来，则有一种不当其时的炎凉。

可秋心又确实是艳的。

晚来散步，夜凉如水，秋虫唧唧，冷不妨和谁家一株晚凋的蔷薇碰个对脸，天昏地黄，佳人卸了晚妆，半凋不凋的，瞑色荒愁里，也挣扎着开得乍眼，透着末路萧条的惶惑与不安，凄绝、美艳。

看电影，着迷逝去年代里的一张张明星脸，比如阮玲玉，比如赵丹，比如白杨、胡蝶、周璇，比如秋心一叶。

叶秋心，长得漂亮，人称"模范美人"，大眼睛小酒窝，有那个年代特有的妖媚与清纯。与胡蝶、马陌芬合演的《孽海双鸳》，观之者众。可惜声名大振换不来岁月静好，现世安稳。战争爆发，电影公司解散，叶秋心居然流落为"马路天使"。好容易抗战胜利，再重登舞台，主演话剧《双钉记》，场场客满，这颗秋心又艳了一回。可惜年近岁逼韶龄疾逝，她后来在拉丝厂，当了一名工人……

这人的名字就起得萧条、冷落。为什么要起这样一个名字呢？看她的照片，美着、艳着、红着、回眸一笑百媚生着，可是就像深秋开放的花，她的时代，已经马蹄踏踏地过去了。

邻家一个小女孩，十来岁就敢纠一群小孩开晚会，自己担当主持人、主角、导演，拿根废弃的话筒似模似样地唱。再后来我们搬家，再看到她是在照片上，人已经长大，是个十七八岁的少女了，戴着从哪里弄来的顺直的冰蓝色的假发，披着一粉红的床单，坐在草地上，发丝纷披，遮住削瘦的脸颊，是要扮演一个动漫里的角色吧。

女孩的成绩一般、家境一般、容貌一般，那么，她日后要过的日子，恐怕就是打工、成家、变胖、骂人，到最后，她大概也就记不起自己曾经写过的诗、排过的戏、照过的照片、做过的梦了吧。所以我一向乐见小孩生，不悦见小孩长，因为实在是不忍见现实的尖利粗糙，把孩童幼嫩如芽的热情与理想，狠狠扎伤。

林语堂行山道上，看见崖上一枝红花，艳丽夺目，向路人迎笑，他便想花只有一点元气，在孤崖上也是要开。岂止是孤崖，只要有一点元气，是花谁不想开放，哪怕前路一派秋凉。

爱读二十四节的节气歌，句句不离花儿朵朵鲜：

"立春梅花分外艳，雨水红杏花开鲜。惊蛰芦林闻雷报，春分蝴蝶舞花间。清明风筝放长线，谷雨嫩茶翡翠连。立夏桑籽像樱桃，小满养蚕又种田。芒种玉簪开庭前，夏至稻花如白练。小暑热风催豆熟，大暑池畔赏红莲。立秋知了催人眠，处暑葵花笑开颜。白露燕归又来雁，秋分丹桂香满园。寒露菜苗田间绿，霜降芦花飘满天。立冬报喜献祥瑞，小雪鹅毛飞蹁跹。大雪寒梅迎风开，冬至瑞雪兆丰年……"

同样是年过岁逼，花谢花飞，却被它排布得热闹奢华，即便世界不热，一颗心也偎得它热了；一朵花不肯开，一颗心也偎得它如火如荼地绽放，哪怕开了再谢，也红过，艳过，风光过了一场。

所以王维是诗佛，可是佛心居然也是艳的："秋山敛余照，飞鸟逐前侣。彩翠时分明，夕岚无处所。"渐淡秋山，逐侣飞鸟，彩翠羽毛闪闪地跳。

苏轼是豪雄，豪雄的心在秋天居然也是艳的："贪看翠盖拥红妆，不觉湖边一夜霜。卷却天机云锦缎，从教匹练写秋光。"碧波红荷，秋光不觉胜春光，白霜恣意欺红妆。

所以呀，还是莫哀莫叹吧，既然花尚且肯开不怕秋凉，那赏花的人自来便有的福分，就便是春赏花赏叶，秋读红读黄。

红裙妒杀
石榴花

天天都是好日子，小同事纷纷下水入围城。曾经的小姑娘化起新娘妆，盘头戴花翠，穿簇新的吉服招待客人，胸前一只大凤凰展翅欲飞，喜气逼人。酒过三巡再换一身装束出来见人，仍是红，红缎马甲，大红缎子百褶裙。

转眼间酒阑人散，热闹喧阗成为过去。三朝回门，过年走亲戚，第一年是新妇，挣得上压岁钱，第二年就没戏了。然后添了小宝贝，下面就开始飘扬万国旗。曾经的新娘子乱头粗服，精神疲惫，喂奶、把尿、抱孩子……新娘装幽闭深闺，红衰翠减，冉冉物华休。

《红楼梦》里，王夫人会找出年轻时的颜色衣裳送袭人，让我惊叹那时衣料的耐久性。锦缎丝绸需防潮防蛀，而且随着岁月磨蚀发黄发暗，水样罗裙二十年之后再拿出来也已经光鲜不再。给了袭人，只是恩典，并不实用。再说了，一个丫头，怎么穿小姐奶奶们的衣裳才能不显僭越？不过花样子倒未必过时，那个时候衣裳样式更新换代不快。要是放在现在，什么样的时新装束放上一二年，再拿出来穿都会让人当怪物。说那时奢侈，我们现在才真是一个奢侈的时代。

而且中国和外国惊人地相似，越是女子的花瓶时代，妆扮越无所不用其极。中国有三寸金莲，适足供男子把玩，欧美干脆就是把女子的身体当成一座走动的花园。19世纪欧洲的妇女们几乎是不能并排走路的，因为流行的裙装需要用巨大的裙撑来支持华丽的裙摆，就连巍峨的建筑也不得不向优雅的女士让步，把每一扇门开得大点，再大点。这就是为了美丽付出的代价，当禁锢与扭曲同时上演，怎能说美丽不是在装饰野蛮？

无论中外，一旦革命，一切都不可避免被推翻重来，服装花样也变换很快。20世纪三四十年代的大上海，燕语莺声，流光飞舞，妆扮上也刻意出新。当时有几首流传的竹枝词：

"妖娆故作领头高，钮扣重重钮不牢，但诩盘来花异样，香腮掩却露樱桃。"这是新样衣裳，领高至鼻，掩却香腮，樱桃微露口半开；"自昔通告百裥裙，西纱西缎暑寒风，今教宽大沿欧俗，不使旁边现折纹。"这是欧式新裙，一反往昔百褶百裥，式样宽大平展；"洋袜输来竞盛行，春江士女尽欢迎，尤多杂色深难辨，足背花纺巧织成。"这是从西洋进口的"洋袜"，广受欢迎，颜色多样，脚背用花纺。中国传统袜多是布袜，少有这样精巧的东西，自然大受欢迎。

后来，又换了时代，也换了服装。中山装、列宁服、绿军装、喇叭裤、健美裤、吊带裙……衣裳的变迁裹挟着世相人心。再往后布料越用越少，式样越裁越精，一个个老辈人看不惯的黛眼红唇的"妖精"开始光腿露胳膊地来回走人。有一回在街上，见一青春女子穿一身半透明黑纱衣裙，行走在光天化日，说不出的阴森妖艳。旁边一个老婆子，拄着拐棍子，一边目送姑娘走远，一边橐橐地敲地面，恨恨地说："一代不如一代！"

现代人口密集，争较日盛，人人都在防人欺，并且利用一切机会训练自己的攻击性，所以会西装革履盛行。这种服装本身的兵器味就很重，像佛祖脑袋后面的神光，把自己罩在里面，等闲人等不可靠近。适合职场穿戴，好比军人穿着迷彩服火拼。穿这样的衣服可以相亲，却不可以恋爱，可以上班，却不可以旅游，可以动心机，却不可以掐架，尽管它一身的杀气，却又像一身铁皮，彬彬有礼，箍得人喘不过气。

这样的衣裳我不穿，我的衣服全是中式。冬天对襟羊毛衫，领口袖口镶滚，左上襟一朵丝线绣的小花，右下襟一枝开了的梅花。夏天一件本白布衣，宽宽的七分袖，一走路就兜风，像飞起两只白蝴蝶。逛商场爱上一大块闪缎，浅紫的底子上一枝一枝疏影横斜的梅。一下子想起了穿旗袍的女子，如瀑黑发，如丹红唇，嘘气如兰，媚眼如丝，穿这样一身衣裳，不灭的忧伤，魅惑的美丽。

　　"眉黛夺将萱草色，红裙妒杀石榴花。"等哪一天老掉了，还有心情检点旧物，搬出年轻时的颜色衣裳，细细端详，默数流光。好多陈年旧影在心头飘动，遗忘的人和事原来并不是真的遗忘。一个一个的自己穿着它们在眼前跳舞，越舞越孤独。

第三辑

新茶夕照两醉人

浮华成瘾，本味就升格为可望而不可即，沦落到可怀念而不可实施。不信？假如一场飓风把所有的奢侈品全部席卷而去，一切都要从头开始，又有几个人肯『饭疏食，饮水，曲肱而枕之』，还哼着小曲，自得其乐哩？

新茶夕照两
醉人

希望有个小家，在乡下。

有水，有湾，有船，有田。

我的家不一定要精致，但一定要舒适，一方小院，一半种花，一半种菜。屋前有垂柳，柳树上趴着鸣蝉，屋后有池塘，池塘里漂一群大白鹅，水里还养着一些鱼虾和菱角，想吃的时候捞一点。

春天我就吃空心菜，采来嫩苗，薄油清炒，柔软的叶尖在舌尖上舞蹈。待到长成便吃嫩管，掐段入锅，佐以小红辣椒爆炒，滋味清鲜；若再加瘦肉丝，少了清鲜，却多了敦厚的家常味道，是七仙女嫁给董永之后的感觉。吃面更宜吃空心菜，嫩白的面条嫩绿的叶，像无限新鲜的时间和分外鲜明的季节。

夏天不可说也不可说。浅水湾上有鸟，远处渔船里有人唱歌，兴致上来，垂竿而钓，河鲜上桌，红酒、黄酒浅浅地酌。

秋天我要吃炖土鸡。那种吃虫儿长大的农家土鸡，切成块扔进一只寻常的黑瓦罐里，撂进生姜和干红辣椒，花椒用干净纱布包起来投进去，大家一起在菌菇熬的浓汤汁里载浮载沉，红泥小火炉上细细地煨。小炉摆在小院，一本书，一把扇。待到鸡汤的精华像金箔片一样贴在汤面，再将山野菜拌两样，只可夫妻小酌，不能宾朋饮宴，我的家原来就不是高楼朱户通青天。

冬天菜少，可以用青菜和萝卜做"颠倒颠"。何者谓也？青菜炒萝卜算道菜，萝卜炖青菜算道菜，菜梗切丝儿凉拌萝卜丝儿，又是一道菜，再加一道菜叶萝卜汤，怎么样？是不是很丰盛？若是嘴馋，又可吃全羊宴。萝卜炖羊肉做一道，炸芝麻羊肉丝又算一道，这个菜味道好，无筋瘦肉细切成丝，酱油料酒入味然后炸熟，拌上红辣椒丝，佐以糖醋盐酒葱姜丝，起锅时洒上熟芝麻一拌，干香辣烫。亦可将羊肉洗净、剁块、洗净、沸余，然后下锅煮熟焖透，捞出盛盘，汤汁冻膏切片，淋上酱料，即成冻羊膏。另有一锅当归党参煨就的羊肉汤，天上神仙也闻着香。

你看，原本有些出尘之想，想着想着却弯回了烟火人间。我本就是俗人，爱的是那山果累累、肥蟹满江和丰收的米粮；爱的是冬天的大雪，围炉小坐的家人，一锅热饭煮得发出声音，汤汤水水扑扑通通；爱的是春雨洒，芦芽探，笋冒尖，日衔山，煮一壶林间山泉，一杯新茶夕照晚。

一个老伴，一方小院，两溜鸡鸭，半幅斜阳，我家门前有弯弯曲曲的土路，四周是低低的小房，一座座灰瓦白墙，庭院里晾着衣裳……这就是我的生活理想。

此处钱不多，此处楼不高，此处的我享受生活，而不是被生活撵着跑，只做想做的事，在想笑的时候才笑。

新茶夕照两醉人啊。

葱美人

要做菜，我把一棵葱剥得白白嫩嫩，挺拔秀丽，就对它笑，说，葱美人，你好漂亮哦。

先生嗤我："一棵葱漂亮什么？"

我大不服："不漂亮吗？"

"漂亮吗？"

"不漂亮吗？"

他不答，往门外逃，我揪住他做思想工作：

首先，从理论上讲，人家葱长得漂亮。如果不漂亮，晴雯不会在看了一起来到的几个姑娘之后笑嘻嘻地赞美她们像"一把子四根水葱儿"。王熙凤也不会埋怨老太太会调理人，调理得"水葱似的，难怪人要。我若是男的，早要了，还等这会子呢"。就是人家刘兰芝打扮好了见婆婆大人，也是"指如削葱根，口若含珠丹"。

其次，从效果上讲，人家葱香得漂亮。如果不漂亮，佛教徒也不会戒它了，戒它和戒美女的原理一样，都是怕和尚家家的动了凡心。这东西太香了，使人一吃忘情，不是，一吃忘佛，对如来不好交差。

然后，从为人上讲，人家葱做得漂亮。葱是很大气的东西。你见过有人骂人：咬群的骡子似的，那意思是和别人处不到一起。菜蔬里也有独性的，独往独来，不和别人搭配，一搭配搞不好谁都没了滋味，比如笋。但是没见过和葱说不到一起的，做什么菜都几乎先用葱花炝锅，凉拌菜里葱丝也是清清白白独一份儿。古人叫它和事草，就是这个意思。这份风格和胸襟，不愧它菜伯的古名，引领众菜，精诚团结，为满足人的口腹而奋斗不止。

有这些好品质，决定了南甜北咸，东辣西酸，各有各的偏嗜，但全国各地少有不吃葱的。山东有章丘大葱，陕西有华县谷葱，辽宁有盖平大葱，北京高脚白大葱，河北隆尧大葱，福建两广的细香葱、胡葱，长江以南的四季葱……

吃得出了名的当然属山东人。就好比江南出美女，人家那里的葱确实出色。"葱以章丘为最肥美"，"茎长而粗，葱白肥大脆嫩，辣味淡，稍有清甜之味。重有一斤多"。瞧瞧，白嘴就可以吃，可以当水果。再蘸上甜酱，卷进大饼里，咸香清甜，谁不爱吃？其实全国人民都日食有葱，否则做出菜来总觉语言无味，面目可憎。

葱不但好滋味，而且好药用，中医说它味辛、性温、能发表和里、通阴和血等等，简直就是一等一的救命草。

还有一种葱，也美，更纯朴，味道更浓烈。像乡野村姑，可以赤裸裸地表达爱情，一点都不用含蓄，看见情哥哥就唱："阳婆婆出来照西墙，爱哥哥的心思一肚肚装，草根根比不上树根根，你是妹妹的心上人……"这就是茫茫戈壁滩上，一簇簇、一丛丛的嫩绿沙葱，带回家，做饺子馅、拌凉菜、腌制冬菜，又鲜、又香，味道美极。

你看，葱称美人，名下无虚。

美人好脾气，可以当绿叶，衬托红花：袁大才子的《随园食单》里用葱做配料随处可见。比如卤鸡：刳囹鸡一只，肚内塞葱三十条，茴香二钱……香吧？比如倪云林集中载制鹅法：整鹅一只，洗净后，用盐三钱擦其腹内，塞葱一帚，填实其中……

美人好能干，可以独挡一面，面不改色：是北方人，四季爱吃面。葱油拌面味道最足，最纯，色泽红亮，滋味肥鲜，葱辅面香，面助葱劲，浓酽可口，百吃不厌。葱油饼是无锡应时小吃，用板猪油、嫩油渣、葱、盐、糖制成馅心，包在面酵中，放在圆盘内揿成圆状，放入平底锅内用油煎成金黄色即可。油饼大而薄，又脆又香……

美人可以当英雄，演出大救驾：来了客人，一无准备，只要篮里有蛋，后园有葱，就心里不慌。葱油饼可烙得，葱花鸡蛋可炒得，主食就是烙饼卷大葱嘛。

美人好仁义，牺牲自己，滋养人身。至于佛门弟子吃了思凡，不是葱的原因啊，是其心不诚。当初六祖避难，不是随行就市，人家吃肉，他吃锅边素菜？也不见破了佛戒。

帕米尔高原古称"葱岭"，是丝绸之路中南两路在喀什会合后唯一通往西亚的道路，虽以冰峰奇景著称，却总感觉它站在了时光的对立面，和时光抗衡。时光匆匆，挡不住一代又一代人郁郁葱葱。

其实，我的小家庭就是一盘菜。如果是葱烧排骨，先生是排骨，家庭主力，孩子是油盐，无它不欢，我是那棵葱，调出我们家特有的味道；如果是小葱拌豆腐，先生是豆腐，温柔大气，孩子是油盐，无它不欢，我还是葱，拌出我们家特有的简单清白的色彩；如果先生是山东烙饼呢？孩子是生命里的盐，我还是葱啊，离了我，看他怎么吃出千般滋味，万种风情。

先生看我大放厥词，坏坏地问我："宝贝，你算哪棵葱啊？"

"啊，"我斜睨他一眼，大笑，"我是一棵美人葱啊！"

色胆香心

　　董桥说"Paper Moon"是米兰一家著名餐馆，那里的酥炸春鸡"酥脆香嫩，肯定比蓝姆笔下的烤乳猪好吃；他们做的海鲜反而远远比不上威尼斯那家 Vecia Cavana 做得神奇：地道的水都烹饪，色胆香心不输 Arthur Rackham 的水彩"。

　　色胆香心，好词。

　　暮春，到邻县采风，午间吃饭，上来一道"白灼丝瓜尖儿"，叶片绒软翠青，须子蟠卷，咬在口里，初尝一般，却如青茶回甘，余味有一股氤氲的香。翠翠色胆，沉沉香心。

　　一篇文章写明末名妓董小宛一双巧手，善做美食，酿饴为露，采渍初放的有色有香的花蕊，将花汁渗融到香露中。她还制膏，"取五月的桃汁，西瓜汁，漉掉果丝瓜穰，用文火煎至七八分稠，放糖进去搅拌后细炼。这样制出的桃膏看上去象大红琥珀，瓜膏比得上金丝内糖"。腌咸菜，"能使黄者如蜡，绿者如翠"。且做的火肉有松柏之味，风鱼有麂鹿之味，醉蛤如桃花，酥鸡如饼饵，"一匕一脔，妙不可言"。她这个人就是色胆香心，做出来的食物也是色胆香心。

《宫女谈往录》里那个伺候过慈禧的老宫女给该书作者做的那两小碗炸酱面："更小的一只碗盛炸酱，深褐色，汪着油，肥瘦肉丁历历可见；另外一个7寸盘，摆上几样菜码儿，黄瓜、小萝卜、豆芽菜、青豆嘴、青蒜……六七样，有的切丝，有的删末，每样多不过一口。东西不多，摆在桌上看起来就吸引人。"那是自然。深褐色的炸酱，青绿脆嫩的面码儿，肥瘦肉丁又透着香，炸酱也透着香。

除了落在纸上的吃食，走在街上，放眼所见，哪怕最普通的民间小食，也有香心，也有色胆。

苏州年糕人称"国色天香"，色是红曲、玫瑰汁、薄荷汁、青菜汁、鸡蛋黄、豆沙做就的大红、粉红、艳红、滴绿、橙黄、豆沙色，香则桂花香、薄荷香、芝麻香、花椒香。

小摊上的煎饼馃子，煎饼微黄，摊平卷上薄脆焦黄的油饼，撒上碧绿的葱花、散发异香的香菜碎，抹上鲜甜微咸的甜面酱，若吃辣，再刷一层艳红的辣椒酱，拿在手里，碧绿金黄，咬在嘴里，又脆又香。

至于家常的炸酱面，炸酱酱红，面条雪白，豆芽脆绿，豆嘴娇黄，开水焯过的白菜丝嫩嫩青青，香椿末不但翠绿，还异香异气，要是再炒一个嫩黄的鸡蛋往碗里那么一拌，颜色够鲜艳，香味也够蹿扬。

更爱一味俗菜：菠菜豆腐汤。传说乾隆帝私下江南，腹中饥饿，借路边人家歇脚，农妇给他做了一碗汤，菜叶菜梗碧绿，菜根艳红，豆腐白嫩，吃在嘴里，有一股菜香豆香，迥不同乎御膳，便问其名何哉，农妇对着这个不识禾稼的二百五随口答曰："金镶白玉板，红嘴绿鹦哥"——单是冲这透着色胆、藏着香心的菜名，也要多喝一两碗。

《清稗类钞》载当时两淮八大盐商之首黄均太单是吃一碗蛋炒饭，就要耗银五十两。这碗蛋炒饭每粒米都是完整的，又颗颗粒粒都要分开，每粒米都是泡透了蛋汁，外金黄，芯子雪白。每粒米都搞得如此香艳，美食如美人，有色胆，有香心。其实所谓的"色胆香心"，说白了，也分明就是形容女人的两个字：香艳。饮食有好颜色，好比女人有好容颜。

有时觉得佛门子弟傻，为什么好好地放着食色不去受享，非要清苦素淡过一生。可是谁知道他们的心里不是走过了风也萧萧、雨也萧萧的尘世，进入了独属于自己的世界，那个世界里照样红了樱桃，绿了芭蕉，有色胆，有香心？不信你看这首禅诗："金鸭香炉锦绣帏，笙歌丛里醉扶归。少年一段风流事，只许佳人独自知。"你说他是写禅，还是写情？原来对佛也可以一往而情深。

你再看他一袭灰不灰黄不黄的旧僧袍，捧一只新不新旧不旧的老粗瓷碗，盛一碗白不白黄不黄的糙米饭，饭上铺几根腌透了的老咸菜，大口大口吃得香，你敢说他的咸菜不是香心，他的白饭不是色胆？而你却对着一桌美酒肴馔，满心都缠绕着名丝利线，你面对的色胆香心，难道不是一堆无滋无味的木头片？

　　其实，若是人不论丰，能从每顿饭里都看见色胆，品出香心，就便不去当和尚，也不会枉了这个世界待我们一往情深。

温柔的蔬菜

　　我怀疑我的前生是只兔子。因为我不能面对所有带有蔬菜的字样，它们会充分调动起我的食欲。

　　汪曾祺先生写到的在西南联大的一段艰苦的日子。教授们自己到野地里去摘野苋菜，"学校里的苋菜多肥大而嫩，自己动手去摘，半天可得一大口袋。借一二百元买点油，多加大蒜，爆炒一下，连锅子掇上桌，味道实在极好"。一读之下，觉得蒜香和苋菜特有的香气扑鼻而来，我也觉得"味道实在极好"，十分向往。

　　就连寒苦的樵子被孙悟空救下之后做给师徒四众的一餐就地取材的野生素菜，也让我心仪不已："嫩焯黄花菜，酸薤白鼓丁。浮蔷马齿苋，江荠断肠英。燕子不来香且嫩，芽儿拳小脆还青。烂煮马兰头，白燿狗脚迹。猫耳朵，野落荜，灰条熟烂能中吃；剪刀股，牛塘利，倒灌窝螺操帚荠。碎米荠，莴菜荠，几品青香又滑腻。油炒乌英花，菱科甚可夸；蒲根菜并茭儿菜，四般近水实清华。看麦娘，娇且佳；破破纳，不穿他；苦麻台下藩篱架。雀儿绵单，猢狲脚迹；油灼灼煎来只好吃。斜蒿青蒿抱娘蒿，灯蛾儿飞上板荞荞。羊耳秃，枸杞头，加上乌蓝不用油。几般野菜一餐饭，樵子虔心为谢酬。"想想看，是多么丰盛的一餐，柔软的叶子，美丽的花朵，朴素的名字，山野的味道。好像是刘半农写的：叫人怎么不想她。——我现在就很想它。

有一种菜我非常神往，但是却吃不到，因为我是一个从来也没去过南方的北方人。就是那种鄱阳湖的草——也叫做南昌人的宝——的蒌蒿。当地人用来喂猪喂牛，离了乡人家用它炒腊肉上席待贵客。放不放腊肉没关系，我坚信它就是素炒来吃，也一定是美味。

还有诗经里"其蔬如何？惟笋及蒲"的"蒲"。据专家考证，南宋巾帼英雄梁红玉曾用它代粮，抗击金兵，所以后人美其名为"抗金菜"。而大诗人杜甫和书法家李邕曾在济南大明湖历下亭共尝此味，所以又称"名士菜"。这种菜生食清脆，熟食清淡，柔若无骨。惭愧，我仅仅是读到而已，没有吃过，只能在想象里齿颊留香。

还有一种最令我心仪和向往的蔬菜：莼菜。也是生于南方水乡，茎细叶柔，滑而无骨，入口有筋，味似木耳而较木耳为爽，色如碧玉而较碧玉为温，入汤入馔皆为美食。而且，还有一个张季鹰啊。秋天了，想起了他的家乡的鲈鱼脍和莼菜羹来，官也不做了，挂冠归里。莼香诱得游子归，更增添了我对这种柔软的蔬菜的神往。

当然，我不可能整天纸上谈兵，靠空想这些美丽的蔬菜来满足我的食欲。我的身边就有十分美丽的蔬菜在呀。

最爱菜摊上那种没有包瓷实的包心白菜，个子小小的，嫩嫩的娇黄淡绿的叶子，像美人身上的轻纱一样褶褶皱皱的。哪一棵都可以上得齐白石老人的画。买回家去，放上葱蒜一炒，吃在嘴里，滑滑嫩嫩，好像吃着绸子。

刚下市的新鲜菠菜，叶子鲜绿、柔软。我喜欢把它在开水锅里翻一个身，焯焯熟，装盘——然后在油锅里把花椒和葱蒜煸香，烹上一点醋，往菜上蒙头一浇，滋啦一声，香味四溢。当然，放上辣椒就更美味，只是遗憾现在身体原因，不敢吃辣，这对我才是真正的遗憾呢。拿筷子挑起一根——记住：不要切碎，要整根的吃，才有它真正的味道。我这吃法，还是跟毛主席他老人家学的。他习惯吃整根的蔬菜，比如菠菜。结果我发现这样一吃，原汁原味，口感非常好。再有朱元璋皇帝的"红嘴绿鹦哥"的传说佐餐，更是不由得多下了几箸。

今天下班回家，意外发现路旁有菜农在卖自己种出来的空心菜，娇娇嫩嫩的一大把叶子。茎里中空，一掐即断，脆嫩得很。买了两把回去，洗干净，切段，加蒜，爆炒，上桌。深口大盘满满一盘温柔的绿色，静静躺在那里。看着心里就舒服，就宁静，就爱，就吃得多，于是就长得胖，呵呵。

我发现我爱吃叶子肥大的蔬菜，而且茎要柔软。因为它们有一个共同特点：就是温柔。放在盘里，没有七支八叉，而是不事张扬，安安静静，羞羞的不肯作声。这个时候，我大概又回到了前生，当一次三瓣嘴的兔子，把它们无限怜爱地吃进肚里，并且口舌肚腹和心里一起对它们充满感激。

我不喜欢把一种蔬菜加上种种名目的作料，用上新鲜各异的做法，摆成希奇古怪的造型，放进精致的容器里，端往就餐者的面前，由一些高贵的人物，用筷子慵懒挑起一两根，放嘴里漫不经心地品尝。这样，就委屈了这些美丽的菜蔬。

我也不喜欢《红楼梦》里那种把茄子配上十来只鸡做成的"茄鲞"，吃在嘴里，不知其味，怪不得刘姥姥不认得这是什么菜呢。在这个环境里，青绿自然的蔬菜的宿命就是失其本味、失其本形、失其本心。就像那个野性的小燕子，放进深宫，会被迫学吃饭、落座和扭扭捏捏的走路，看着就病梅似的别扭。

是的，我喜欢简单朴素的蔬菜，菜里透着平实的温柔，可以让人放心的把握；同样，我也喜欢简单朴素的生活，这样的生活里，在家我可以随意着装，出门我可以吃大排档，指甲上不涂蔻丹，嘴唇上没有水晶唇膏幻化出的光泽，不用成天想着去美容院妄想挽留逝去的容颜，可以自由自在的生活和长皱纹。于是，这样的生活里，我可以做一棵任意舒藤展蔓的植物，对着阳光放肆地唱歌。

　　我觉得这样的蔬菜很温柔，这样的生活很温柔。没有强烈的爱恶情仇，没有燃烧的算计争斗，没有断肠欲绝的思念和悲伤，没有无法把握的时光流转，人心易变。这样的生活，很温柔，很温柔。

　　然后呢，再有一个温柔朴实的爱人，不会用挑剔的眼光"嗤"我和计较我的吃相和我有时的小肚鸡肠。爱我，容忍我，不笑我，在我哭的时候陪我，永远只觉得我最好。这样的爱人，这样的蔬菜，这样一个四壁落白、简单干净的家，我的心就会像只蛾子，舍不得离开带了罩子的焰火，幸福地围着它飞来飞去。

食
本
味

　　我埋头吃一碗玉米粥，面前一盘小咸菜，不说话。咸菜的味道把我深深吸引。是略微煞口但很干净的咸，没有丝毫的杂味干扰,海水一样的味感。它旋风一样把我引向了久远的童年。那个时候，饿坏了就抓一块坚硬糙口的饼子，就着咸菜啃着吃，滋味既冲且足，哗一下就在舌尖开出铿锵的花来；饭桌上通常是一碗白米饭，细细的咸菜丝，软滑和清咸一搭配就像温柔的旦角和尖锐锋芒的小生唱"对儿戏"，招人入迷。

　　每年落秋，我娘都会把萝卜、带着叶子的小辣椒、小茄包切成连着皮的莲花瓣，统统腌进腌菜汤里。我最爱吃小茄包和辣椒叶，既咸且香。老腌汤拌菜、拌饭、拌面，都有一种特殊的香味，而不仅是贫困年代的权宜之计。

　　长大了，接触了味精。这种东西太霸道，我喜欢白菜肥嫩清淡的滋味、喜欢苦瓜苦中甘香的滋味、喜欢尖青椒的辣和冬瓜的清鲜，本来菜有菜味，面饭也各有滋味，鸡鱼肉都有自己的香味，而味精的使命似乎就是搅乱和遮盖本味，来达到天下大一统的局面，是可忍，孰不可忍！任何一种作料的作用，当是为辅，烘云托月，衬得本味更加鲜明有趣，而不是喧宾夺主，谋朝篡位。

　　一个人很难避开原始坐标平白地对某种事物或者生活方式喜好或厌恶，我也很可能只是把味觉当作一个通道，通过它隐微地怀旧，怀念在菜园里逡巡着一边摘着随便什么——茄子、西红柿、黄瓜，甚至灯笼柿子椒来吃的日子，或者是一把羊角葱，用葱叶卷一小块馒头，吃得辣得流出眼泪——童年的日子有单纯的、本源的快乐。

　　然而，本味在一部分非富即贵的人的口头已经流失了，这真让人无可奈何。

　　满族入京前打猎为主，入京后还保留着粗犷的饮食传统。吃肉就是白煮，大块大块的被端上来，然后自己动手，丰衣足食，用自带刀具片成一片片地往嘴里塞。不过本色的也太过分了些，无盐无酱，难以下咽，所以王公大臣就在皇上赐宴之时用随身带的浸透了酱油和其他作料再晾干变得坚硬的高丽纸作刃，割肉时就可以把作料沾上肉片，这样吃起来有了咸香滋味。

　　但是后来，成为贵族的人们在把衣饰寝具和礼仪搞得无比复杂的同时，也再不肯满足于这样简单的烹调，于是把饮食的内容和形式越搞越复杂，到最后恐怕连吃饭人自己都弄不清楚吃的是什么。比方说"外头老爷"孝敬贾府老太太的菜，就连随身伏侍有年的鸳鸯都认不出来；而宝玉想吃一味清淡素菜，还得特地派人向厨房交代一声："晚上的素菜要一样凉凉的酸酸的东西，只别搁上香油弄腻了。"

不过，本味在广大民间仍旧是基调和土壤。广州人家爱喝粥，白粥油炸鬼是经典早饭，所谓白粥就是白米加水熬出的再普通不过的稀粥。南京人吃桐蒿，单炒一段干干净净、青青脆脆的芦蒿杆儿尖，炒香肝也是"素炒"，除了一点油、盐，几乎不加别的作料，要的就是芦蒿杆儿尖和香干相混的那份自然清香。靖江青菜烧河豚，任何作料也没有，只有盐，上桌菜绿肉白，汁浓汤鲜，才能出来河豚的原汁原味。老北京的奶酪品种多样，杏仁奶酪、红果奶酪、佐以各种瓜子果料的果子奶酪或八宝奶酪，然而真正的行家不喝这些，讲究喝纯白的奶酪，"那才是最为本色的味道"。川菜有一味神品叫开水白菜，名字听着就平淡无奇，用料更是无奇至极。平淡无奇的白开水，冲烫平淡无奇的白菜心，入平淡无奇的笼屉里蒸，拿出来撒上平淡无奇的胡椒粉，还有更无淡无奇的食盐。可是奇怪的是，这样一路平淡无奇下来，却味道异常清鲜。一桌煎炒烹炸，浓香异味之中，它是最不起眼的，就像一屋子红香绿玉里一个穿白衣的女子，默然不动，声色温柔。可是尝尽带攻击性的，霸道的香浓鲜辣之味后，这道白菜甫一入口，便用最温柔的姿态攻城掠地，收尽人心。

而且饮食界的臻化境者过尽千山，也最终发现本味即真。陆羽的《茶经》讲究纯饮茶，而不杂以各种果料诸如瓜子、榛子、松仁，认为倘若如此，坏其本味，几同"沟渠间弃水"；袁枚《随园食单之粥》说："近有为鸭粥者，入以荤腥，为八宝粥者，入以果品，俱失粥之正味……"

苏轼说人间有味是清欢，这个道理不光中国人懂，外国人也懂。在法国这个美食大国里，有一种叫普罗旺斯的鱼汤。它最初是一些渔民简陋的饭食，本是一些卖剩下的杂碎鱼虾放在一起煮烧而成，然而就是因为不作任何烹饪上的加工，使得这些海鲜原有的滋味得以保存，被世人盛誉为第一美食。日本有一种独特的风味小吃叫素民烧，是把活的香鱼用削尖的竹签自尾向头贯穿再插至石头灶，一分钟左右香鱼烤成金黄色，这香鱼除了抹擦了少许盐粒外，不加任何调味品，其香却惊人。

来一个上纲上线，所谓大音希声、大象无形、大言无言，就滋味而言也不能过的妖艳招摇，大香必是本味，所以螃蟹要清蒸着吃，蟹肉饺、蟹黄包之类次之，虾白煮来的滋味反而好过油灼，山林里的野生蘑菇用清水煮来，再加上一条野羊腿，两种本味混合，既鲜甜又浓香。如果说无为而治达到治国理家最高境界，那么无为而烹也让食物具备了最高层次的滋味。

但是在厚味奇味怪味的洪流冲击之下，本味的阵地越来越小，逐渐退隐到味蕾够不到的地方，和最不起眼的餐桌上。也是，食物一旦被当成神明来膜拜，或被当作艺术来创新，就会悖离食物的主旨。当最初的本味被厚味遮盖，最初的形体代之以仿生的雕镂，食物就离它自己越来越远——世界上任何一种东西的被研究和推崇、改革与创新，都以误解为基础，误读为前提，误入歧途为最终的命运和目的地。

于是本味的迷失又引发了一场灵魂深处的相思，对本味的怀念开始充斥和外化为各种表现形式，笨鸡下的蛋放两根韭菜一炒，就可以卖出惊人的价位。你一定想象不到在一个出产华丽丝绸和精肴美馔的世界上，人们怀念的居然是布衣布鞋和红辣椒小咸菜。同理，到处盛行婚外恋、一夜情的时候，人们的感情味蕾也被刺激得疲惫，转而渴望一场开水白菜一样的爱情，一碗白米饭一样平淡隽永的婚姻。

如同本味的食物是食物的最高境界，本味的生活也是生活的最高境界。所谓本味生活大约就是穿着最适合自己的鞋子，走在最适合自己的路上，自来的安闲自在。这种生活里不必有东奔西跑的旅游、觥筹交错的酒宴、勾心斗角的官场和一掷千金的赌局，也不必有死去活来的爱、痛彻心肺的恨、争奇斗艳的美人衣。蜗居一室，明窗净几，读两页书，写几行字，吃一点家常的饭菜，累了散一会步，看看猫狗打架，小孩子流着口水满地爬，天上流云乱飞。

但是在这个五光十色的繁华世界，本味食物已不可见的同时，本味生活的迷失也正在大面积地发生。这很可理解。当人们用粗陶碗吃饭的时候，会满足于配一双竹木筷子，碗里的内容也满足于青蔬糙米；而粗陶碗、竹木筷、青蔬糙米又会使人们满足于四壁落白的房屋，简单干净的家具，适体舒服的布衣。生活在这样简单的物质世界里，人们的注意力会更多地转向星空和大地、绿草和鲜花、雅致有味的书籍，哪怕什么也不做，不知不觉中陷入一阵冥想都让人愉快。

　　人的精神生活的丰富是本能地排斥日用生活的繁复的，当一个人的精力放在怎样才能享受精肴美馔，怎样才能住得富丽堂皇，怎样才能穿戴得耀人眼目时，他不会再有心思沉静下来。他会把自己的欲望不自觉地像滚雪球一样成比例地越滚越大，结果是花大量的时间和精力修饰自己和"美化"环境，动用一切可能动用的力量，盖一切可能盖起来的高楼，这些高楼巍峨耸立，占用了多少空间，并且一路延伸扩展，直到占尽了人心里所有的地盘，这个时候，食本味、衣本色、住本体、活本位，就成为十分遥远的过去。于是怀念也来了，凭吊也来了，对简单本然的东西的赞美也来了，好像人人急于过一种简约而丰富的生活似的——可是再也回不去了。浮华成瘾，本味就升格为可望而不可即，沦落到可怀念而不可实施。不信？假如一场飓风把所有的奢侈品全部席卷而去，一切都要从头开始，又有几个人肯"饭疏食，饮水，曲肱而枕之"，还哼着小曲，自得其乐哩？

咸菜快跑

"陶家瓮内，腌成碧绿青黄；措大口中，嚼出宫商徵羽。"范仲淹少时家贫，却能于日日冷粥黄齑之时，吃出红花绿叶、音韵铿锵的诗意，显出穷老百姓普遍的阿Q精神。这点精神乐观得可爱，全靠了它，才能在穷山恶水中度过荒寒岁月。

咸菜是穷人的下饭菜，取其价廉，只要能吃的东西，无物不可腌。白萝卜、胡萝卜，甚至还有腌红薯、腌土豆，洋姜更是天生的腌货，小茄包、白菜疙瘩、辣椒叶、雪里红，逮住什么往里扔。家家都有几个瓮，米瓮、面瓮、咸菜瓮。咸菜瓮讲究清爽、干净，不能有油腻，否则咸菜易坏，生"白花"。懒婆娘拾掇不好，年年把咸菜腌坏。我娘手巧，且认真，腌出来的咸菜黄亮醒目，就是咸得惊人。

通常一入春天，青黄不接，大白菜已经告罄，青菜还是青苗，这个时候，咸菜就披挂上阵。一碗剁碎的红红绿绿的小辣椒，两根红红亮亮的胡萝卜，玉米饼子蔓菁粥，乡人捧着大老碗，吃得呼噜呼噜直冒汗。也有讲究的人家，吃出许多花头：一碗咸菜泡半碗香油；腌茄梗撕开来，像吃鸡腿，香咸韧；风干的咸菜用水泡发，撕碎，切细，拌酱油、豆米、香干。乡里人嫉妒心重，会歪着嘴笑话不会过光景；有的人家又忒会过光景，饭时一人捞一个咸菜疙瘩，拿在手里咬得咔嚓咔嚓响，又会被人笑话粗糙。通常是把咸菜细细切丝，点两滴香油，所谓画龙点睛，既不奢侈，也不寒酸，就是一顿看得过眼的好饭。

一碗白米饭，拌上碎咸菜，淡黄玉白，咸菜衬出白米最纯正清甜的滋味。这种搭配很有道理，像唱大戏，丰神潇洒的小生要配千娇百媚的小姐，黑脸包公要配白脸奸相，挖野菜守寒窑的中年王宝钏要配满面胡子的薛平贵。咸菜和白米饭也是金风玉露一相逢，有一种粗朴生活里磨灭不了的诗意。只是咸菜这种东西如姜昆所说，像媳妇，多了受不了，离了又不行。只有日日是好日，不必咸菜当家，那恰到好处的咸菜才是点睛之笔。

我们北方的咸菜只重咸之一味，是名副其实的"咸"菜。南方人吃不了，望而生畏。梁实秋先生在《雅舍谈吃》里写保定府的酱菜："油纸糊的篓子，固然简陋，然凡物不可貌相。打开一看，原来是什锦酱菜，萝卜、黄瓜、花生、杏仁都有。我捏一块放进嘴里，哇，比北平的大腌萝卜'棺材板'还咸！"而南方的什锦菜若到了北方，也有一种不适宜，多了一种大户人家不必要的矫饰，甜酸苦辣之味太盛，反而遮盖了咸的本性，吃起来口感豪华，不大自然，有点喧宾夺主的意思。

若以人作比，刘姥姥就是北京有名的咸菜——棺材板儿，一种有年头儿的苦咸，腌得脸上的皱纹都是横七竖八；焦大是老辣椒，一种自恃老资格的辣咸，动不动跳着脚大骂上流社会偷鸡摸狗，爬灰的爬灰，养小叔子的养小叔子；尤三姐是盐腌的红小辣椒，看着美，闻着香，吃着辣，丢又不忍，辣出眼泪来还是想它。

两年前买了一套《现代名家名作》，一直闲搁，如今才翻来看，越看越觉现代作家们也颇合咸菜之味。鲁迅也像老北京有名的棺材板儿，咸得不留余地；张爱玲是什锦小咸菜，杂陈五味，华丽，却读来有一种苍凉的混沌之气；萧红是切得细细的咸菜丝，这是一个命薄的才女，透着黄亮娇脆。

这些话都属题外闲趣，说到底咸菜就是穷人的下饭菜，怎么看怎么像一张炎炎赤日下农民的脸，上面写着民生艰难，背后是土地、汗水、起伏的麦田。

没什么，这样一个朴实的题材起这样一个够劲的题目，完全是本着哗众取宠的效果。记得看过一篇文章叫《尖叫的乳房》，酷毙。既然你的乳房可以尖叫，我的咸菜为什么不能奔跑。

醒目凉瓜

宋江拜会神行太保，落座酒肆，酒后想口鱼辣汤吃。"戴宗便唤酒保，教造三分加辣点红白鱼汤来。顷刻造了汤来，宋江看见道：'美食不如美器，虽是个酒肆之中，端的好整齐器皿。'"一句话摆明了他是个雅人，无论他是山贼还是义士——雅人的"雅"和痞人的"痞"就像至尊宝脚底那三颗痣，是永远抠不掉的戳子。

餐具是菜品的嫁妆，姑娘嫁得好不好，卖相第一。如清代才子袁枚所言："宜碗则碗，宜盘则盘，宜大则大，宜小则小，参错其间，方觉生色。"平底盘盛爆炒，汤盘盛熘汁，椭圆盘盛整鱼，深斗池配整鸭整鸡，大烤肉一定放在海碗里，莲花瓣海碗里自然是汤了，黑木耳竹荪汤、鸡汁猴头汤、三片三鲜汤……虽然事实证明宋江要的那鱼是腌过的，不中吃，但是美器似乎可以些许折过它的罪过。就好比一个美人胚子，浮浅一些可以理解，名不副实一些可以理解，抬抬手，美丽当道，一切都可以过得去。

前天出去吃饭，点了一道醒目凉瓜。凉瓜么，说到底就是苦瓜而已——如同职业撰稿人，名气太大，只好一身化出数名，大家来分：凉瓜、癞瓜、癞葡萄、锦荔枝、红姑娘、君子菜……可是"醒目凉瓜"这个名字多好听、多有气质，如同一篇好文章，先有一个好题目在那里坐镇，人就被不由自主地吸引。

甫一端上，大家齐叹一句："美食不如美器。"透明的雕花玻璃碗里，半碗翠绿的汁，汁里泡着淡绿翡翠一样切成片的凉瓜，上面点缀几粒娇红的樱桃，恰合两句《清平乐》："三点两点娇红，半碗一碗翠绿。"原本都是极平常的东西，凉瓜一根，樱桃数粒，醒目半罐，一旦搭配起来，玻璃碗盛起，就有一种惊世的美丽。炎炎盛夏，热得惝恍迷离，一见之下，宛如浮瓜沉李，凉意沁脾，令人顿消暑意。舀一口汁，甜中有苦；吃一片瓜，满嘴清新。

那天要了一个香酱鱼杂，软滑香浓；要了一个杭椒牛柳，柔韧耐嚼；还有一个泡椒凤爪，清辣咸香；再搭上这个碧绿的醒目凉瓜，就是四色搭配完美的菜肴。菜的世界也似看山不喜平，需有素有荤，酸辣咸甜并存——就像我们蜉游其中的这个世界，有焦大，就得有林妹妹；有苏轼的"大江东去，浪淘尽千古风流人物"，就得有李煜的"问君能有几多愁，恰似一江春水向东流"；有东坡肉，就得有醒目凉瓜；寒风漫天的塞外西北苦寒之地，也会绽放一枝腊梅；红楼十二钗，也有霸道的香辣蟹，也有清淡的金针菜，也有通红的小辣椒，也有圆柔沉默的红柿子——才能显出参差美好的滋味。

不过，假如肚子饿得咕咕叫，我必不点它，要的是油条大饼、红烧肘子清蒸鱼的痛快淋漓。若是二人对坐，并不为吃，只在四目相对之际，互通灵犀，那么这个东西可以锦上添花，因为它有充足的诗情画意。如同梅花树上雪，春天来了，杨柳初绽芽的嫩枝，或者烦杂的生活里面，偶尔发生的一次婚外情，悄悄燃烧，悄悄熄灭。所以说这种东西符合审美，是饱肚暖饥之外的东西，食精脍细之余的产物，衣食丰足的情况下对美的自然追求。就像这个世界上所有无根无蒂的东西、有花有酒的时节、闲愁乱恨的人儿、披衣而起的怔忡失神、夕阳、秋河、不求解渴的酒、不求饱的点心。这些都是生存层面以外的东西，有了它们，就有了美。

我们爱它，如同爱一个点缀生活的养眼美女，它爱我们，因为有我们这些人在，它知道自己很美丽。当人和醒目凉瓜对上了眼，这个世界也就有了意思。一向以为世上好看事是小狗大猫、深秋浅春、薄暮落红，如今再加醒目凉瓜一味。

红嘴绿鹦哥

　　长日风花，口味淡薄，晚上做梦都在寂寞，醒过来迫切想吃一道菜：红嘴绿鹦哥。

　　蔬菜也有性别，且各有脾气性格。羊角葱新鲜刮辣，与通红小辣椒都是乡里妹子；青椒是八十万禁军教头林冲，五爪朝天椒是李逵；土豆是戴草帽的农人；白菜是方巾儒生，迈着八字步，清和平正。菠菜初初上市，是"静女其姝，俟我于城隅"的静女，有点像胡兰成《今生今世》里写到的那个小周，十八岁的娇娇，柳嫩桃夭，红绿相亲。你看它左土豆右菜花，陷身一大堆男士当中，前呼后拥，有点爱俏，有点爱娇，有点甜丝丝的爱情味道。

　　大唐盛世，吐纳如仪，它由尼泊尔进贡而得，就此作为外来妹红遍，不对，绿遍大江南北。它和清凌凌的流水、河边的茅屋一起来，和春天的杨芽、柳穗一起来，和秋天的霜雪一起来，和鞭炮炸响的新年一起来，枯涩一冬的胃口因她而开。

小时候家里穷，一到过年，"菠菜凉调馇子肉"是我的最爱。这道菜里有两个方言："调（tiao，阳平）"，就是"拌"的意思，我们本地不说凉拌菜，而是说"调"个凉菜——很有意味，得五味调和之正；"馇子肉"，就是年肉煮熟后，从棒骨和排骨上拆下来的瘦肉，香而不腻，柔韧耐嚼。把它顺着筋络撕开，菠菜在开水锅里烫个翻身，快快捞起过凉，二者"调"在一起，像一个好女子与一个好男人，比如崔莺莺和张生。精盐味精伺候，还少不了黄芥末，它是菜里红娘，色彩艳丽，味道凶猛，全凭它给这桩绝配增色十分。屋外天寒地冻，大雪纷飞，屋里人一筷菜，一杯酒，猛不防吃到一口芥末，酷辣直冲囟门，忙不迭拍脑瓜顶。大家笑作一团，红红的火苗映着大人孩子快乐的脸。

冬春之际的菠菜最鲜嫩，经了秋霜的菠菜也清纯，像新剥开的笋。开水烫过，粉丝、海米凉拌，绿白相间，冰雪聪颖，像一场初经人世的爱情，比如白蛇，初降人间，乍见许仙，却原来女人钟情男子，也可以是这般惊艳。经霜的菠菜还可用来油泼：把菠菜烫过，过凉，沥水，装盘，抟尖，将干辣椒碎、花椒、盐、芝麻撒其上。油加热，倒在盘中的菠菜上，"嗞啦"有声，瞬间将干辣椒和花椒、芝麻爆香。然后用筷子把菠菜塔尖推倒，拌匀即成。它与口齿舌唇的相遇，犹如提刀跨马的樊梨花见到薛仁贵，英雄美人却原来不单要爱的，更是要斗的，不禁起意要拼一拼。

夏天的菠菜大批下来，丰腴茁壮，如同仙女谪堕凡尘，做了家常青布包头，荆钗布衣的妇人。虽是丢失了千金贵重，却意外觅到家常的云淡天和。此时的菠菜宜素炒，放上粉条，口味柔软清净。若是和着油煎豆腐来烧，一方是"红嘴绿鹦哥"，一方是"金镶白玉板"，却原来中年情怀一阙词，也是那红了樱桃，绿了芭蕉。也可不加油，用开水和着豆腐来煮，只放少许花椒或姜丝，是妙玉静修梅花庵，不不，倒好比惜春的断绝红尘。

我娘是个聪明的人，她把新鲜菠菜叶入开水略焯捞出，晾凉后与面粉掺揉，至面团完全变成绿色，稍"醒"，再揉，擀好，面条碧绿透亮，入开水锅，煮熟捞入碗中，炸辣椒油，烫豆芽丝，再调入味精、香醋，面条翠绿，筋滑鲜香，比唐朝九品官以上的人才能吃到的"槐叶冷淘"，不知道高明多少。却原来民间智慧千变万化，都在衣食寒温里，而衣食寒温里，又是这样舍弃不得的人世红尘。

天凉叶落，心里寂寞，如新妇穿新绸，凉意在温热的肌肤里一丝丝滑过，心也寂寞，胃也寂寞。且动一箸红嘴绿鹦哥，管它让柔软的红唇更柔软，让寂寞的情怀更寂寞。

追忆甜蜜时光

　　年龄渐长，口味渐变。以前与甜蜜几乎不共戴天，20 世纪 70 年代，缺吃少穿，偶有一点槽子糕、薄脆（不是那种炸得又薄又脆的油饼，而是又薄又脆的大饼干）一类的点心，宁可把它们放得长了毛、发了霉，也绝不愿意吃它一块，更钟情的是咸香可口的饭菜。到现在处处可见点心卖，不再奇货可居，居然对它发生空前的兴趣。不必说吃，就是读到写在纸上的"月饼、元宵、蓼花、麻叶"等字样，都会从心底泛上细细的温情，宛如好时光迤逦走来，好桃花遍地开。

　　此生也无福，过去的点心，有一大部分现在根本看不见，如油头粉面琼瑶鼻的古典美女，只能从文字里偶一领略。隋人的《食经》就记了好多的漂亮名字：折花鹅糕、紫龙糕、乾坤夹饼、千金碎香饼……到了大唐，不愧盛世，穿也好穿，吃也好吃，点心点心，不过就是点点心意而已，居然也吃得花样百出：水晶龙凤糕、金乳酥、曼陀样夹饼、双拌方破饼、加味红酥、雕酥、小天酥……透着华丽晶莹，肥美有趣，像唐画中的贵族妇女，裙子系在腋窝里，拿一把小小的纨扇，八字宫眉捧鹅黄，一身的富贵气。

及至宋代，理学也来了，女人的脚也不许迈出大门二门了，就连穿的衣裳都左三层右三层，不许露肉了，世风日渐谨慎，描述北宋都城汴京人文风情的《东京梦华录》，里面记载的点心也褪去华裳，觌面相见：糍糕、麦糕、蒸糕、黄糕、髓糕、油蜜蒸饼、乳饼、胡饼、油饼、脂麻团子、炊饼——无非是蒸出来的、烤出来的，小麦面的、黄米面的。

到了南宋，"暖风熏得游人醉，直把杭州作汴州"。人人都像喝了一坛醉生梦死酒，家也忘了，国也忘了，偏安一隅就当自己已经定鼎天下，可以放心大胆吃喝玩乐了，所以记述南宋社会风土人情的《梦粱录》和《武林旧事》里，民间糕点的名字都变得璀璨起来：镜面糕、牡丹糕、荷叶糕、芙蓉饼、菊花饼、梅花饼、麦糕、雪糕、乳糕、蜜糕、豆糕、线糕、花糕……

我感兴趣的是花糕。你看那《水浒传》里，阮小七问店小二有甚下酒菜，小二哥道："新宰得一条黄牛，花糕也似好肥肉。"好比方、好手段、好推销。漫说那时小二不可能知道国外描写最嫩的牛肉用的是"大理石"式的比方——因其极类云母石的纹理，就算知道，估计他也不肯：两者联想，除了形似，别的都不登对，大理石这种冰凉梆硬、啃不动咬不动的东西，怎么能跟嫩牛肉相对？哪如嫩肉对花糕，听着就叫人垂涎三尺，肉也多卖出三五斤去。

只是，花糕是什么糕？是不是把鲜花瓣蜜渍以后，搋进糯米里，蒸出来就叫花糕？菊花下来做菊花糕，桂花下来做桂花糕，要是玫瑰花下来呢？是不是就可以做玫瑰花糕？清代竹枝词里专门写到一种重阳菊糕："重阳须食重阳糕，片糕搭额原儿百事高。此风不自今日始，菊糕滋味堪饱老饕。"

《海槎余录》中还有丹桂花糕："丹桂花采花，洒以甘草水，和米舂粉，作糕，清香满颊。"

据说花糕原本是杭嘉湖一带常见糕点。春天采青，搓揉取汁为色，黄色则取陈年老南瓜，再把这两种青黄原料各与米粉糅合，另外再和原本白色的米粉团相间杂后揉成藕节粗细，上笼蒸熟，这也叫花糕。其实并无鲜花入糕，"花糕"的意思不过是"花搭着颜色的糕"。吃时将花糕切片，草青、米白、瓜黄，三色变幻，如云一般，春天气息扑上人面。

有花糕就有花饼，中国真是一个讲风雅有趣的民族。

春暖花开，玫瑰也香，藤萝也盛，正好做饼。花饼馅子就是蜜饯后的鲜花瓣，佐以百果馅等，白面酥皮包起烘焙，熟后再在饼面撒鲜花瓣。香，甜，漂亮，好看，人人都成了嚼雪餐英的雅士，要的就是这份上不着天、下不着地、晕晕乎乎的神仙劲。所以南宋就有芙蓉饼、梅花饼，到了清代，南果铺里绝对少不了鲜藤萝花饼。有的糕点铺长期包购大花园子的鲜花，就为的自家的花饼做得好、卖得动。这么说起来，我很遗憾自己没能包下《红楼梦》里贾府的大观园，你看看那里的玫瑰、蔷薇、月季、宝相、金银藤，多茂盛。李纨她们只想着晒干了卖给茶叶铺赚钱，要是做成点心该多好！这些个王孙公子本来就水晶心肝玻璃人儿，吃了花糕花饼，还不更加花为肠肚，雪作肌肤，逸兴遄飞，吟诗作赋？

其实，所谓点心，富贵人家是不拿它当饭吃的。《红楼梦》里的那些个松瓤鹅油卷、奶油炸的各色小面果子、鸡油卷、菱粉糕，就如凤姐头上的朝阳五凤挂珠钗，起的就是装饰作用，有则有矣，无则无之，打什么要紧？至于普通老百姓，更是不能当饭吃——吃不起，只能应时到节，偶尝甜蜜。

过年吃年糕，糯米或黄米磨粉蒸糕，上缀红枣儿，这是典型的粗放型北式年糕；上海有排骨年糕，江浙有桂花年糕，福建有芋艿年糕，广东人蒸年糕的竹笼好大，有钱人家能用几十斤米做成一个大年糕——阔了，吃东西不是讲究"大"，就是讲究"小"，就像贾府里一寸来大的螃蟹馅小饺儿。

正月十五吃元宵。刚开始的元宵就是一个圆圆的实心糯米球儿，吃的是好汤水，加白糖、蜜枣儿和桂花，甜、糯、清香。后来才有了包糖馅的元宵，再后来甜咸皆备、荤素兼有。糕点铺卖汤圆，现打现卖，伙计们一边卖一边吆喝："桂花味的元宵呀——个大馅好咧——""一个来呀，两个来，三个来呀，让您老大发财啊……"

五月端五要吃粽子，有枣儿的、没枣儿的、放火腿的、放脂油的，甜的、咸的、荤的、素的，用竹叶或箬叶包成三角的、四棱的、枕头样的……

入夏，百花齐放，鲜玫瑰花饼、鲜藤萝花饼、鲜牡丹花饼，一应娇贵佳点如二八佳丽，雨后春笋，乘香风而来，驾香风而去。

八月十五吃月饼，"小饼如嚼月，中有酥和饴"。末代皇帝溥仪曾赏给总管内务府大臣绍英一个大月饼，直径二尺，二十来斤重，由外至内，图分三层，花草果实、良田沃土、月宫图，就连月宫中的亭台殿阁都清晰逼真，桂阴下的玉兔栩栩如生。

九九重阳吃花糕，入冬以后，大米面的蜂糕、蜜麻花、姜汁排叉，你方唱罢我登场。

舅公是个老北京，真羡慕他的好口福：大八件、小八件、萨其马、油炸糕、糖耳朵、烫面饺、大薄脆、豌豆黄、油酥烧饼，还有可人心儿的艾窝窝："白黏江米入蒸锅，什锦馅儿粉面搓。浑似汤圆不待煮，清真唤作艾窝窝。"……

喜欢上海人的生煎馒头。上海人爱生煎，把带馅包子称馒头，生煎来吃，平底锅刷素油，一边煎一边喷喷水，快熟时候往馒头上撒些黑芝麻和香葱末提味。底皮金黄酥脆，上面白嫩油亮，松软适口。生煎馒头讲究趁热吃，馅心卤汁多多，却不油腻，齿颊留香，吮指回味。

西施的故乡诸暨还有样好东西——"西施舌"。别误会，是点心，不是海产里的贝类。点心师把糯米制成上好的水磨粉，再拿它做皮，包上桂花、金橘、青梅、枣泥、核桃仁等果料配成的馅心，然后在舌形模具中压制出的一种小点心。粉白如月，"舌"尖上还略施粉红，故得美名"西施舌"，风韵娇人，不输美人，或蒸或炸，皆可食也。

清代才子袁枚在其所著《随园食单》里，告诫人们要"戒目食"，那意思是怕你一气摆上一大堆，吃一看二眼观三，贪多嚼不烂。你看《金瓶梅》第四十三回，写吴月娘与乔大户娘子攀亲，宴请皇亲乔五太太等吃饭，"前边卷棚内安放四张桌席，摆下茶，每桌四十碟，都是各样茶果甜食，美口菜蔬、蒸酥点心、细巧油酥饼馓之类"。这不过是筵席的前奏，一气摆上四十碟茶果，哪里吃得了！既豪奢，又恶俗，更糟蹋东西。

你看皇帝吃饭，菜多，肉也多，珍品异味多，南北糕点也多。依照定例，御膳、寿膳每餐要呈四盘蒸点心、四盘烙点心，油炸小食的数目不一，少则三四盘，多则十盘八盘。面点中的馒头、蒸饼、枣卷每膳必备四盘，另如黄糕、黄白蜂糕、开花馒头、金丝卷、银丝卷、荷叶饼、肘丝卷等其他花色是每膳轮流呈进。可怜的皇帝看也看饱了，哪里顾得上吃。罗罗嗦嗦摆上一大桌，再川流不息朝回撤，这些精心制出来的菜点也如他后宫中待幸的美人，绝大多数是乘兴而来，败兴而归，捞不着御口一品。

即如现在，点心上来，怕也没有多少人感兴趣，兰花指翘起，轻拈一点，似有若无，蜻蜓点水。过去对它的渴望早已化风化水，想来眼前的软玉温香怀抱满，也不如当初的妙目一眄。

　　也许，我感兴趣的也不是吃，而是一种事关甜蜜的集体民族记忆，也可以说，我是在替整整一代人追忆过去长长历史中的甜蜜时光。

萝卜菜籽
结牡丹

冬天黑早，雾气迷蒙，绰绰人影，正是下班时分，小商贩纷纷卖弄精神。"菠菜来呀，新鲜的冬菠菜呀！""蒜苗、豆角、黄瓜、西红柿！""唉呀嘞，看看我的嫩油菜儿！"

有个汉子不言语，于一隅守一摊散菜袖手而立。离得远看不清，近前一看，就是南方那种丰腴拙壮的"青菜"的缩小版，我们北方人因其叶柄似勺称之为"勺菜"。不过叶开却真的似花——毕竟不与"青菜"同：北方勺菜，清炒加蒜瓣，是股青气味，南方青菜却是经霜而甜。《随园食单》云："青菜择嫩者，笋炒之，夏日芥末拌，加微醋，可以醒胃。加火腿片，可以作汤，亦须现拔者才软。"民间习俗：汉族岁时有"煮长菜"的饮食风俗。农历除夕，家家都以青菜、白菜、粉条、猪肉、豆腐等混合一起煮一锅杂烩菜。其中青菜、白菜不用刀切，整叶入锅煮食，寓"长吃"之意。

可是，它们却一样地奢侈——奢侈到把绿菜叶长得叶脉分明，瓣瓣绽开，如假包换的花模样——撒了一地的绿花呀！

这个小贩奇怪，别人都是把菜捆扎成束来卖，四五棵一小捆，像穿欧式长裙的美女穿戴着鲸骨的裙撑，一种受拘束放不开的神情。他干脆把这些菜全部散开，青灰的地面如丝如绣，它们就是绣在缎面上的一朵朵锦熟容颜。

买菜的人都不由得加两分小心，兰花指轻拈起，一朵、两朵、三朵……我也拎起一朵朵细细端详，轻轻堆拢，再上秤来称。好大一堆"花"，不过一块钱！

这可真是买菜如买花，绿葱香蒜，勺菜开花似牡丹。

《新龙门客栈》里，美艳女店主金湘玉的上房里竟然有一朵玲珑剔透、冰雕玉砌的"雪莲"。周怀安不识："这是什么花儿？好精致啊。"张曼玉勾魂一笑："萝卜花儿啊，难道还是雪莲花儿？"勾心斗角，大漠狂沙，萝卜花儿也能冰清玉洁，超脱尘世，静静绽放出人意的悠远。

回家做饭，黑木耳鸡蛋汤，木耳取几"朵"——一个量词成红娘，让菜与花两相牵，看它在热水里慢慢舒展，越来越艳，一朵朵的黑牡丹。

真的，菜，是怎么回事呢？勺菜像牡丹，"青菜"像牡丹，木耳像牡丹，大白菜在秋后的田野里一株株伸展叶片，菜心团团绽放，更像极了一朵朵的大牡丹。还有田里的萝卜，胡兰成《今生今世》里写到一个可爱的男人，那个叫步奎的，下雨天同赏玉兰花、绣球花，一边笑吟吟和胡讲："这花重重迭迭像里台，雨珠从第一层滴零零转折滚落，一层层，一级级。"他喜悦得好像他的人便是冰凉的雨珠。走到近郊去散步，又看着田里的萝卜真心诧异发笑："这青青的萝卜菜，底下却长着个萝卜！"一句话惊醒梦中人，胡才子于小事上不亲，经点破，才可异可笑，果觉"那萝卜菜好像有一桩事在胸口满满的，却怕被人知道。秘密与奇迹原来可以只是这种喜悦"。

　　这种喜悦使人惊醒，使人想微微笑、慢慢吟、轻轻唱，使人羡慕田里扶禾整菜耙畦的农人农妇，丽日晴天，心净无念，真强似住高楼，穿绸缎，一颗心放舟江湖不靠岸。地亩之间，平心也平眼，又强过多少强梁好汉。田头地尾得来荣华富贵，这可真是萝卜菜籽结牡丹。

一日吃尽洛阳花

去洛阳，看牡丹。

洛阳饮食鲜美，也好比牡丹花。

一道牡丹燕菜，第一次吃，也是第一次见，大大的碗里面多多的汤，汤里真的浮着一朵艳黄的牡丹花。汤味酸辣，牡丹花下细白如丝，入口柔韧的又是什么？

这个，就是燕菜了。不过，是假的，"假燕菜"。

燕菜，自然就是指燕窝，这道"假燕菜"的主料却是白萝卜，据说此菜出自武则天。她当政期间，洛阳东关下园长出一个三十斤的大萝卜——古时凡有奇花奇果奇物都要进贡给皇上，有一个野老觉得水芹很美味，还要进献给皇上尝尝鲜，于是这个萝卜也被献给武则天。女皇大悦，吩咐宫廷御厨做成菜。厨师便将白萝卜洗净去皮切细丝，冷水浸泡，捞出沥干，拌干淀粉上笼蒸好后晾凉，入冷水抖干，沥干水分，撒盐拌匀，复入笼蒸，即成素燕菜。

再将素燕菜放进一个大汤盆，将已经煨入味的熟鸡丝、熟火腿丝、香菇丝、海参丝、鱿鱼丝、竹笋丝等呈放射状整齐地摆在素燕菜上，沿盆边倒入用精盐、料酒、胡椒粉、味精等调好味的清鸡汤，上笼蒸半小时，出笼淋入醋和香油，最后在上面用黄蛋糕切的片拼摆成一朵牡丹花形，即成。

武则天爱其有燕窝风味，赐名"假燕窝"。麻雀从此变凤凰，村姑也能当娘娘，民间的大萝卜一跃登上大雅之堂。以前写过一篇文章名为《萝卜菜籽结牡丹》，却原来萝卜菜籽真能结成牡丹啊。

平常人家做它自然不可能用山珍海味做配汤，却是它又出身民间，涵容性强，肉丝鸡蛋拿来配一配也很味爽。

其实这是"洛阳水席"的头道大菜。以前一直以为所谓的"水席"就是席如流水，一道一道菜上来，又一道一道菜撤下去。结果却除了这个意思之外，还有另一层意思，这个"水席"，真的就是汤汤水水组成的席面。洛阳四面环山，雨少天干，吃些汤汤水水可以养胃养颜，各地食风都是配合各地地域特点应运而生，殊不虚也。

此地汤菜重酸辣，却因气候干旺，虽辣而不用辣椒的热辣，不像四川和湖南菜，多放辣椒以驱湿寒，此地既无湿寒可驱，却仍要促人发汗，所以处处都有胡椒冷辣的脸。

就一般来讲，洛阳水席全席二十四道菜，要上八冷盘、四大件、四个压桌菜：先摆四荤四素八凉菜，接着上四个大菜，每个大菜都带两个中菜，名曰"带子上朝"。第四个大菜上甜菜甜汤，然后上主食，接着又有四个压桌菜，最后送上一道"送客汤"——普通人家就是鸡蛋汤。客人一见鸡蛋汤上来了，便知道宴席结束，自觉起身，谢过主人。

不过我们在吃水席大餐之前的一餐，倒是先喝了"百碗羊汤"，这个虽不如水席盛大，也同样极有地域特点。

大大的海碗，浓浓的奶汁似的羊汤，底下沉着鲜嫩的山羊肉片，旁边摆一盘切成丝的烙饼。还有的人是一碗羊汤，旁边端上来一只鼓肚皮的大烧饼，蛤蟆一样，外皮儿脆生生，内瓤绵软馨香。烙饼丝一指来宽，是要放进羊汤里面泡着吃的；烧饼也是要掰成一块一块，泡进羊汤；还有的则是羊汤烩面，是把面直接煮进羊汤里面，面条不是金丝银丝一窝丝，而是窄窄短短、滑滑爽爽。

羊肉汤的来历据说比燕菜要晚。明洪武年间，因洛阳连年征战，人丁损伤殆尽，朱元璋就下令迁山西民众去河南。山西有一大户郭家，也在被迁的征户之中。郭家太爷就派大儿子一家去落户河南，却坚持让他携带家小的同时，赶群羊上路。

来到洛阳，此地战后萧条，饥荒逼人，郭家老大架锅宰羊煮汤，香飘数里，其他饥饿的移民纷纷捧着自家的碗凑上前来，眼巴巴瞧着，想分一点羊汤。郭老大来者不拒，任乡邻或坐或站，争喝羊汤，他们喝完不拘多少，纷纷留下一些银钱。于是最初的艰辛日子就靠羊汤得度，郭家老大也从此开始开店卖羊汤，且店中从不备碗，谁要来喝，随身带碗。一到饭时，但见大家手中的碗或大或小，或粗或精，花样各各不同，人人埋头猛喝，其景壮观，遂名曰"百碗羊汤"。

吃过水席和羊汤，临别洛阳又吃到了周南驿的官府菜，大黄鱼肉嫩质鲜，入口即化，印象尤为深刻、特别。周南驿的菜品好，店也好，据说被称为"一座可以吃的博物馆"，石雕、砖雕、木雕、古家具、古匾额，还有石刻的古经幢，外面车如龙人如织，迈步进来，恍似身不在现时。旧时王谢堂前燕，此时也疑入旧家。

行程结束，心满意足，好比一日吃尽洛阳花。

西湖边，东坡肉

西湖好。轻舟短棹，绿水逶迤，细草长堤，长亭短亭、长桥短桥。听雨的绿荷好，苏堤春晓也好，小小墓也好，"荫浓烟柳藏莺语，香散风花逐马蹄"，无一不好。西泠下，风吹雨。西湖边，东坡肉。东坡肉也好。

南人以鱼虾河菜为食，北方的大白菜于此绝迹，煮个馄饨里面放的不是大葱拍剁的葱花，而是用剪刀剪一点细如毛的香葱碎；吃鱼须挑刺，吃虾须去壳，吃蟹需用一套"兵器"，一点一点挖来吃、抠来吃、敲来吃、剥来吃。吃饭如挑花绣帕，自来的一份细致。举头望明月，低头吃螃蟹，左手持蟹螯，右手持酒杯，这样的雅致食风，和处处白米，在在鱼虾，青蔬翠果的食料，养得南人眼神灵动，面皮滋润，软语吴侬，连吵个架都是商量的语气："吾打你一个耳光看看好不啦？"所以大碗喝酒、大块吃肉的水泊梁山好汉行径素来为南人所不齿，而猪肉，尤其是大块猪肉，恐怕更不是南方的胃能够负担得起。

亏得有了苏轼。

苏轼老家四川和北地风俗无异，养猪食肉是天理，所以对猪肉既熟悉又热爱，他才会在被贬湖北黄州之后，发现一块新大陆："黄州好猪肉，价贱如泥土。贵者不肯食，贫者不解煮。"也亏得他逸兴勃发，肯为肚皮下工夫，才发明流传后世的东坡肉："洗净铛，少着水，柴头罨烟馅不起。待他自熟莫催他，火候足时他自美。"更亏得他有政绩，有才情，招人爱，明明先放外任到杭州，后来才被贬黄州，却被后人把黄州的"好猪肉"也迎娶回杭州，我才能在西湖边尝到盛名之下的"东坡肉"：五花肉切大块，葱姜垫锅底，加酒、糖、酱油，用水文火慢焖。软糯似糖，晶莹如蜜，入口即化，甜咸各具其味。

且随行朋友食素，愈加便宜了我，吃肉又吃鱼——西湖醋鱼。

一条鱼从头至尾片成两片，打上刀花，沸水中略煮三四分钟，用筷子扎鱼的颔下，能轻轻扎入即捞出，鱼背相对装盘，浇糖醋汁。因不用油，只是调料和白开水，鱼肉又断生为度，故十分鲜嫩和本味。当天吃的是鲻鱼，肉嫩而细，宛如嫩春初花初阳淡晴的天气，真是平生第一新鲜美味。

南朝刘义庆《世说新语》里写张翰轶事："张季鹰（张翰）辟齐王东曹掾，在洛，见秋风起，因思吴中菰菜羹鲈鱼脍，曰：'人生贵得适意尔，何能羁宦数千里以要名爵？'"遂命驾便归。"又有范仲淹的诗："江上往来人，但爱鲈鱼美。君看一叶舟，出没风波里。"但是，转天吃到它的时候，却感觉肉略粗淡，味略腥膻，不及西湖醋鱼味美。亦或者是离开了西湖，就失了湖光山色的灵动之气，不是味道有了不对，而是心境有了不对。

所以西湖是好的。它的好是疏朗细致亦为美，繁密歌吹亦为美，断桥残雪亦为美，红花艳柳亦为美。文人雅士可来雅集，吃一些清疏的果盘，好比《儒林外史》里的杜慎卿，把那些鸡鸭鱼肉的俗品都捐了，只是江南鲥鱼、樱桃、鲜笋、下酒小菜；士农工商凡夫俗子亦可热闹聚会，又好比《武林旧事》里记清明前后游人逛西湖："苏堤一带，桃柳浓阴，红翠间错，走索、骠骑、飞钱、抛球、踢木、撒沙、吞刀、吐火、跃圈、斤斗及诸色禽虫之戏，纷然丛集。又有买卖赶集，香茶细果，酒中所需。而彩妆傀儡，莲船战马，饧笙和鼓，琐碎戏具，以诱悦童曹者，在在成市。"走得饿了，可以东坡肉、西湖鱼、猪油饺饵、鸭肉烧卖、鹅油酥……风卷残云地吃做一堆。

人家看烟雨垂柳好江南，诗兴遄飞，我是俗人一粒，只晓得对着东坡肉流口水，却是同样倍觉西湖如此多娇，引人无数竞折腰。

蘑
菇
溜
哪
路

　　承德凉爽，所以才有避暑山庄；承德山多蘑菇多，所以会
有这么多游客。

　　我去的第一天就撞上一桌蘑菇宴。十个菜里倒有八个菜是
各种各样的蘑：榛蘑、白蘑、鸡腿蘑、香菇、肉菇、茶树菇。
大多是干货泡发，然后热炒做汤，吃起来滑溜溜的，在喉咙口
打个转就下去了，跟社会上的滑头似的。

　　其中有一道我最爱吃的酱爆肉蘑。肉蘑是好东西，肉头厚
厚的，晒干后通体呈肉色，滋补阴阳、护颜美容、防癌抗病、
健胃消食，媲美不老神丹。这东西干着的时候很不起眼，棕色
的一坨一坨，像上了年纪的老婆婆；可是将它洗净、泡发，和
煮熟的嫩脆青豆配在一起，酱爆过后，吸饱了油，一下子变得
鲜嫩爽滑，分明是可人少妇的模样。这种惊艳的感觉，配上此

前的心理落差，越发显得它丰姿秀美，所以我特地询问了它的做法：坐锅烧热倒油，放入葱姜末、蒜泥煸香，再放入肉蘑片煸炒，加料酒，放入甜面酱炒匀——如果在家里做，没有甜面酱，黄酱或豆瓣酱也可，若吃辣，用四川辣酱更好，再放青豆、白糖、鸡精、精盐搅拌，酱汁裹匀肉蘑，滋味咸甜适中，色泽光亮，酱香菇软，倍儿有口感。

据说一位澳大利亚华侨，老家在承德，在国外对这道菜魂牵梦萦——肉蘑无法人工种植，通常都是在自己家乡坝上的深山中生长，妈妈在他小时候一颗一颗采集晾干，再用面酱爆炒给他吃，如今妈妈已经去世，他特地赶回来点了这道菜，一边吃一边热泪盈眶——一道菜能值几何？它的滋味叫思乡。

除了肉蘑，还有一种尤物，就是香菇。汪曾祺先生写过一个尼姑会包香蕈饺子，荠菜、香干末作馅，包成薄皮小饺，油炸透酥，再倾入滚开的香蕈汤，刺啦有声，以勺舀食，那叫一个香……承德宫殿多，和尚喇嘛多，用香菇做的菜也多，属于素菜荤吃的典范了。

这次蘑菇宴的凉菜里就有一道卤香菇，是将干香菇泡发，再加五香、八角、香叶、虾子酱油等调料和着清水煮开，熟后放盐和鸡精调味，之后连汤一起晾凉，时间越长香菇越香。我们吃的这道卤香菇卤了整整一夜，香得连舌头都要吞下去了。还有一道香菇炒冬瓜，将香菇丝下油锅爆香，放入冬瓜和虾米，炒熟后调味出锅，吃起来爽口清心。一道"炸黄鳝"，先将香菇的圆边修去，再剪成长条，做成素食里的"黄鳝"，裹上面粉炸着吃，香香脆脆的，下酒正好。

除了肉蘑和香菇，榛蘑也是干蘑里的上品，也是因为不能人工培育，所以物以稀为贵；而且榛蘑也确实鲜美，榛蘑炖小鸡更是传统佳味。它的做法是将仔鸡洗净斩块，香葱洗净切段，姜切大片，榛蘑用热水泡发。锅热后放入仔鸡块用中火煎炸至金黄色，盛出备用。锅中留底油，烧热后放入冰糖，再将仔鸡块再次放入炒出漂亮的糖色。然后将大葱段、姜片、大料、桂皮、榛蘑入锅中，调入料酒、老抽，温水适量，加盖大火烧沸，小火慢炖，撒入香葱段即可，整道菜红彤彤、油亮亮，是小时候人人向往的美食的最高境界。

品尝过干发蘑菇做的菜后，我开始研究一道白灵菇炒肉片。这里的白灵菇是鲜菇，颜色白净如少女的素颜。白灵菇又名白阿魏菇，菇种珍稀，质嫩味鲜。此菜中的鲜白灵菇用手撕成丝，再将瘦肉切片，旺火热油，入葱花和肉片拌炒，待肉片六成熟时放入菇丝炒拌，以菇熟为度，再加醋和调料略作翻炒，整道菜味道清淡，说是荤菜，却有素烧的口感。除此之外，席上还有一道不同风格的清蒸白灵菇，是将鲜菇洗净，纵切成片，再将火腿肉切成与菇片大小相当的片，然后两片白灵菇夹一片火腿肉，分别码入扣碗，再取少量白灵菇片摆在上面，往扣碗中注入鲜汤，上笼蒸熟，再取出翻扣进汤碗，然后勾芡淋入汤碗内即成。出尘的白灵菇搭配上了人间烟火味的火腿片，就像七仙女嫁给了董永，好一出"天上人间"。

其实，相比起白灵菇，我更喜欢口蘑一些。这种野生蘑菌肉肥厚，质细有香，味道鲜美异常。传说以前有个专卖口蘑的商人，他带着上等白蘑坐轮船出发，一路上蘑香四溢，引得鱼虾成群。船老板不明所以，又担心鱼群过多，顶撞得船翻桅折，就出重金求驱鱼良策。这个商人告诉他无它，是自己的口蘑惹的祸。船老板于是买下口蘑，抛洒入海，说起来神奇得很！只见那鱼群追随着随波漂流的口蘑，片片皆散……

今日席上有一道口蘑牛腱，牛腱子肉切小块，胡萝卜洗净去皮，滚刀切块，中火热锅，冰糖炒色，然后在糖汁呈金黄色时放入花椒、朝天椒、拍散的姜和大蒜瓣，再改大火，把牛腱子块入锅一起煸炒到基本炒干水分为止，最后倒入清水，调入生抽、八角、香叶和小茴香，待汤汁沸腾，加锅盖改小火，慢炖两三个钟头，再加入胡萝卜和整只的白口蘑，继续加盖小火慢炖半小时即可。揭开盖子，新鲜口蘑的芳香完全融入牛肉中，牛肉也有了青草晨露的清香，吃一口心旷神怡。

吃到后来，杏鲍菇、鸡腿菇、平菇、猴头菇……我也说不上一桌蘑菇宴到底有多少种蘑菇粉墨登场，最后还一人来了一碗面，它的浇头居然是蘑菇酱！那滋味辣的呀，南方朋友大呼过瘾，我吃得卷着舌头，险些说不出来话，一边吸凉气一边感叹：看来，对于有山的人家，所谓的山珍不过是人家后园里种的菜，蘑菇更是深山枯木上开出来的惠而不费的花呀。

　　第二天，我们意犹未尽，又约会了一场蘑菇火锅。毕竟与煎炒烹炸等相比，涮食能最大限度地保持蘑菇本身的鲜香和营养。火锅大腹便便，各色蘑菇装盘，羊肝菌网格清晰、金喇叭形似一朵朵的"牵牛花"、豆芽菌菌把弯弯、珊瑚菌丫丫杈杈……火锅的底汤也是用多种蘑菇文火熬制出来的，闻着鲜美味浓，喝着清淡幽香，蘑菇更是润滑香醇，令人回味无穷。

　　看着熙来攘往的食客，不由人感慨现代人在解决了温饱问题之后，越来越会养生了。蘑菇高蛋白、低脂肪，高维生素、低热量，清热、排毒、美容、养颜、助消化、降血压……怎么让人不爱它？

　　吃到最后，我竟然想起《林海雪原》里，杨子荣上威虎山，与土匪盘"春点"——也就是对黑话：

　　"蘑菇，溜哪路？什么价？"半途中，五个匪徒遇见杨子荣，这样盘问他。

　　杨子荣为了能够假装胡彪，打入虎穴，曾经专门学习过土匪的黑话。他一听就明白这句黑话的意思是："什么人？到哪儿去？"

　　"嘿！想啥来啥，想吃奶，就来了妈妈，想娘家的人，小孩他舅舅就来啦！"杨子荣很流利地用黑话答复："找同行。"

　　来承德寻美食的人，也可以这样问了："蘑菇，溜哪路？什么价？"

　　至于怎么回答？自己看着办吧。

槐
食
录

　　春末夏初，槐芽绽，槐花浓，槐叶生。

　　槐芽苦，却可上火蒸，再焙干，苦中有清香，做成槐芽茶。清苦的人可以"代茶饮"，不宜饮茶又嫌白水寡淡的人亦可"代茶饮"。槐芽亦可吃，明代有《竹屿山房杂部》一书，讲槐芽用盐汤泡过，晒成"槐芽干"，可煎可炒，也可放进肉汤里，荤食有清味。

　　槐花不用说，煎炒烹炸均可，餐英食清芬，效仿古人总是没错的。

　　嫩叶滋生，采下来沸水中焯熟，用水浸去苦味，拌姜末、醋，即成凉菜，未必好吃，却可思古。宋代诗人陆游即写过一诗叫《幽居》："荠菜挑供饼，槐芽采作菹。朝晡两摩腹，未可笑幽居。"吃着它，也算幽居了。《农政全书》又记载明代时有人喜欢做"槐叶煮饭"，应该是先将槐叶泡去苦味，再投入水中熬成汤，再加白米煮成饭，味道未必多勾魂，勾魂的是颜色。

最有名还是槐叶冷淘，其实就是槐叶取汁揉面，做成的凉面。北宋黄庭坚就曾经列举出三种他认为最美味的食物：一是同州羔羊蒸到烂熟，浇上杏酪调味；二是用南京白面做的槐叶冷淘，以襄邑的熟猪肉为卤；三是由吴人将松江鲈鱼切成鱼鲙，与共城香稻饭配食。就连大诗人苏轼也留下了赞美之词：《二月十九日携白酒、鲈鱼过詹使君食槐叶冷淘》中有一句"青浮卵碗槐芽饼"。至于详细做法，在宋代林洪《山家清供》里有载："于夏采槐叶之高秀者，汤少瀹，研细滤清，和面作淘，乃以醯酱为熟齑，簇细茵，以盘行之，取其碧鲜可爱也。"元代《云林堂饮食制度集》中也有"冷淘面法"，是用鳜鱼、鲈鱼、虾肉等做"浇头"，风味也佳美。

写槐叶冷淘最有名的还是杜子美的诗："青青高槐叶，采掇付中厨。新面来近市，汁滓宛相俱。入鼎资过熟，加餐愁欲无。碧鲜俱照箸，香饭兼苞芦。经齿冷于雪，劝人投此珠。"

为什么要说"投此珠"呢？估计不是面条，而是一个个圆圆小小的面球？凉凉的、绿绿的、冰过的，好吃的很吧。暑热天气，平常人家哪有冰可用，用得起冰的是宫廷，所以这是大内才能做出来的美食。因其难得，所以名贵。

什么时候，"珠"成"条"成"丝"了呢？

成书于南宋末年的生活百科全书《事林广记》中记有一道"翠缕冷淘"："槐叶采新嫩者，研取自然汁，依常法溲面，倍加揉搦。然后薄捏、缕切，以急火沦汤，煮之。候熟，投冷水漉过，随意合汁浇供。味既甘美，色亦青碧，又且食之宜人。此即坡仙法也。"这里的"缕切"，恐怕就是切成细细长长的面条了吧？其碧如缕，其缕如碧，色形兼备，"翠缕"，这名字起得真美。

现在吃冰是易事，槐叶冷淘家家可制。若是胃弱的人，还可冷淘热吃。取一玻璃盆，盆中盛小半盆晶莹剔透的冰块，取其透明可爱，上面整整齐齐摆上细长如发丝已经煮好的碧绿色面条。

煨出一锅好汤来，淮水有银鱼，身长不过寸，虽无肉，味却鲜美，慢火熬半日，整个银鱼化进汤里，颜色白如牛乳，再以细笋丝和火腿片提味；无鱼鸡也可，鸡汤也是美味。将汤盛进细洁的青瓷白瓷的碗，细腻的釉色，乳白的汤，笋丝嫩黄，火腿片如绛桃花，冰好的面既劲且韧，放进碗，抖散，面丝如游鱼，在汤里游弋。再将细香葱花撒进碗里。冷淘热吃，笋丝脆，火腿薄，葱碎芳香，味道格外漂亮。

其实，槐叶可做冷淘，菠菜冷淘可不可以？芹菜冷淘可不可以？宋代诗人王禹还有《甘菊冷淘》诗："……淮南地甚暖，甘菊生篱根。长芽触土膏，小叶弄晴暾。采采忽盈把，洗去朝露痕。俸面新且细，溲牢如玉墩。随万落银缕，煮投寒泉盆。

杂此青青色，芳香敌兰荪……"诗中，面条是"煮投寒泉盆"做成的，由于掺进了甘菊汁，所以冷淘的颜色青青，"芳香敌兰荪"。

其实，什么冷淘都是可以的。仙人掌冷淘也行，但是不知道怎么的，人从乡野来，春风舞老槐，无论此生身居庙堂之高，还是地处江湖之远，这青青嫩槐叶却让人心底最眷恋。

第四辑

谁也无法优雅地黑

曾经有一个问题这样问：

『你是来生的，还是来死的？』

若回答是来生的，那就选择慢生活吧；如果回答是来死的，那只管去快，最终身体疲惫，心理疲惫，一路『奔死』，头也不回——人心是枝头的花，过快的生活节奏最容易吹落了它。

谁也无法优雅地黑

网上呼叫朋友："在吗？"她回了我一句："干嘛！！！"三个感叹号砸得我差点背过气去。把界面关掉不理她，过了一会儿她自己醒过味来，忙不迭解释："对不起啊，刚和人骂战，频道一时还没有调过来呢。"

我很好奇，说骂什么？为什么骂？骂出什么结果了？老实交代一番，我就原谅你。

她苦笑说，我骂赢了，不过觉得很可耻。

我更好奇了，赢了是好事，怎么会觉得可耻呢？

她发过一个聊天记录，说你自己看吧。

不看不知道，一看吓一跳。不知道是她疯了，还是这个世界疯了。

事情起因是这样的，她有事，给一个人发信息："您好，请问您是清凉雨先生吗？"

那人毫不客气地发过来一句话："你他妈谁啊？"

我朋友气得手抖着往上打字："你一定不是清凉雨先生，清凉雨先生不会像你这么没教养。"

对方开始脏字连篇地骂起来，朋友说我活了四十多岁啦，平时工作忙顾不得照顾爹娘，现在居然连累两个老人家被人家骂，我活着还有什么意思。

于是对骂展开。

硝烟弥漫。

看得我浑身出汗。

看不出来温温柔柔、和风细雨一个人，骂起话来又快又狠。刚开始两个人能够拼个平手，后来就她骂三五句，对方才能骂出来一两句，再后来，她骂了十句八句不重样，对方居然颠来倒去还是那两句。一看就是一个知识储备不丰富的小孩子，左不过十六七岁，想是偷了别人的号来玩——确实不是清凉雨，因为她找到清凉雨的另一个号码发去同样的信息，那边的回话彬彬有礼——这人想在网络上发挥一下平时发挥不到的流氓气质，结果踢到了铁板。靠在椅背，一声长叹，平时咋就没发现她有这么泼悍的一面？

"还有更可笑的哪，"她说，"那家伙看骂不过我，干脆叫了好几个人来加我好友，想群殴，被我拒之门外。开玩笑，我还真指着骂他们过日子啊。这就已经够恶心了。都搞得我恶劣因子大爆发，没办法优雅了。"

我大笑。

陈凯歌的前妻洪晃出身名门，外祖父章士钊是著名的爱国民主人士，母亲章含之也是位出色的女外交官，这样一位名媛却自言在闹离婚的时候，把所有的恶劣因子激发出来，让自己整个人都变得狰狞万分（原话忘了，大意如此）。为了不让自己泥途堕落，干脆痛下决心，离婚了事。

真是，世界上没有谁想不优雅，却总有一些人和事会逼得你放下身段。

前阵子因为工作关系，认识了一个人，刚开始我对他保持着相当的敬意，说话做事十分有分寸，不温不火，不即不离，算得上比较理想的同事关系。后来有一次，也是在网上交流的时候，他无意间把发给别人的话错发给我，要命的是，那居然是对我的毫不客气的议论和嘲讽。

这下子我如梦初醒，愤怒得无可名状。以前不知道从哪里看过一句话，记忆犹新，说的是一种"老娘们一样的小男人"，当时不以为然，现在撞上一个活标本。一个大男人，说小话、告黑状、献媚求宠、东长西短，又要占便宜又要装清高，就是大多数的"老娘们"也比他格调高！从此他敢说一句我就敢堵十句，他做一件事我就使十个绊子，哪怕他满口都是"您"啊"您"的尊称，我也毫不手软、毫无怜悯、毫不同情。

不过，当时对着干觉得痛快，过后反思，却深觉自己的恶劣。是以下定决心，宁可放弃合作机会，也要离他越远越好，免得自己越变越坏。

平时教女儿慎交友，因为"蓬生麻中，不扶而直；白沙在涅，与之俱黑"，西谚又有一句话叫"羽毛相同的鸟一起飞"，现在发现用在自己身上也合适。若是不择人而处、择邻而居，就真可能成了"麻生蓬中，扶而不直，白沙在涅，与之俱黑"。而乌鸦和鸽子一起飞，最大的可能不是乌鸦把羽毛漂白，而是鸽子把翅膀染黑。

几年前去荷花淀，里面有女子脱光了衣服在泥里摔跤的表演，那样婀娜的身姿，用着那样野蛮的姿势，染着那样腥臭的污泥，就像是莲花被摁着花瓣在泥里打滚，让人心痛。说到底，无论你再怎样想做一个有教养的人士，只要"白沙在涅"，就谁也无法优雅地黑。

小心难驶
万年船

"小心驶得万年船。"

明明是好话，听上去却既胆怯又阴险，好比小脚老太着绣花鞋，一步走一步看。可是小心、小心、再小心，活得不累吗？头发不白吗？皱纹不深吗？

陈胜起义，朱元璋兴明，是小心思虑的结果吗？若再三思虑，小心再小心，恐怕到死一个为奴隶，一个要饭吃。

比尔·盖茨的帝国是小心思虑才建构出来的吗？若是他当年思虑再思虑，小心再小心，结果很可能是乖乖地大学毕业，弄得好了搞个大学教授当当——可是现在大学教授满地跑，全球首富可只有他一个。

还有那个张季鹰，做事实在够冲动，像个无牵无挂的老光棍。有人劝他："卿乃可纵适一时，独不为身后名邪？"他回答：

"使我身后有名，不如即时一杯酒！"结果想起家乡的莼菜跟鲈鱼，官位也不要了，挂冠归里去也。他原是齐王的官，不久以后齐王被杀，他却幸免，人说他有先见之明。哪里是有什么先见之明，反而是他沾了凡事不那么"小心"的光，想到哪里便做到哪里，即时一杯酒有了，身后名也齐活，两赚。

司马懿被诸葛亮耍，诸葛亮就吃准了他那"小心驶得万年船"的个性，所以才会在危急关头大摆龙门阵，一座空城唬得老家伙进不敢进、退不甘心退。

深入地想一想，所谓的行驶万年船的"小心"，不过是打着智慧旗号的恐惧，恐惧的背后却是一颗脆弱的玻璃心。害怕冒险，害怕前进，害怕失败，害怕失了声名，害怕降临不幸。因为害怕而退缩，如行冰面，步步担惊，好比满树的花开出去，没一朵是敢开错了的。

狼在草原上驰逐，既不在乎别人怎么看，也不害怕别人入侵——只要你敢；只有羊才会固守羊圈，屁股死抵着围栏，向往着外面的绿水青山，却打死也不敢向前。冒险的结果最坏也不过是失败，失败不过是证明此路不通，敬请绕行，总有一条路能抵达成功，总好过一步也不敢迈，人生褪色成一张挂在墙上的老相片，江山寂静，岁月无声。

恐惧的负担甜蜜似糖，看穿了也不过是土做的薄墙，胆放大，推倒它，小心难驶万年船啊。

山有木兮木有枝

我认识一个人。偌大的江河，我只不过是一条在文字的世界里游弋的小蝌蚪，他却当我是占了他地盘的大蛤蟆；偌大个天空，我只不过是一只掠飞而过的燕雀，他当我是抢他的风头的鸿鹄。

他恨不得我在这个世界上消失，一次两招无数次地出了明招和暗招。招数有的用老了，有的没用老，到最后七七八八都被我知道——没有不透风的墙啊。真是山有木兮木有枝，君仇我兮我又怎么能不知。

不是不愤怒。相识数年，我敬你，你恨我；我推你助你，你厌我陷我；我当你是友，你以我为仇。

走在路上，郁郁不乐。人性之恶，让我哆嗦。

有一弃狗，卧在墙边，被车撞了，奄奄一息。看着它，转回去又走了两站地，到超市给它买了一根火腿肠，它却只是痛苦地痉挛，张不开嘴。一边走一边回头看，心里想流泪。晚上散步，特意过去，它还在，又去买了一根火腿肠和一瓶水过来。把盖子拧开，瓶身微斜，给那狗一滴一滴地倒下去，狗就张开嘴巴伸舌头去接，渴啊！一瓶水喂完，把火腿肠掐成指甲盖大的小块，用竹签插起来送过去，它还是不能吃。

　　第二天起一个大早，拿一袋纯牛奶去喂，它只有这样吃流食了。我不是基督徒，却在心里求上帝：如果能救的话，就让它活过来吧；如果不能救的话，就让它少受点罪吧。

　　一日三餐皆如是。第三天晚上，仍旧散步到了那里，它却不在了，地上牛奶的湿痕犹在，可能是已经死去，尸体被清洁工收走了吧。心里一阵阵地难过，向家走，门口一只流浪猫正候着，瞧见我影子就喵喵地跟汽笛一样叫。把牛奶倒给它，上了楼，又想起那个人的事。这种被阴的感觉真是……难过。

　　把这事跟朋友说，朋友说：如果你们换个位置，你敢保证你不会这么做？

　　我不敢。

　　我也有阴暗的一面。很多时候，名利当前，我也想把人踹飞，自己上阵。可是总归是心里想想，脚却伸不出去。我不忍心毁了别人的前程，更害怕自己的心掉进灰堆。

　　我也知道照顾流浪的猫狗麻烦，也巴不得想清净一下，可是仍旧一日三餐送去给它们吃。我也知道把钱捐出去心痛肉痛——都是我熬夜爬格子挣的咧！可是那患病、失学、遭灾的人更可怜。我不忍寒风凛冽，我吃暖炉别人挨冻，我更害怕漠视别人的苦难会让自己的心枯死僵毙。

说到底，我爱的恐怕不是世界，而是自己。世情如炉，人心似铁，叮叮当当，火花飞溅，我不敢把我的心炼成杀人的刀、坑人的剑。哪怕世风贫瘠，我的心里总得留一个地方，收拾一个小小的花园给自己。

这个"朋友"几次组织大家给人捐款，别人纷纷上前，他负手而立，隔岸观火，无动于衷。他把自己定位在衣履光鲜的组织者，却忘了救人于水火，他还有另一份慷慨解囊的责任。他的心已经腐朽成柴。

可是再怎样的冷漠、仇视、自私，恨的也不是别人，而是自己；厌的也不是别人，而是自己；染污的更不是别人，而是自己；打压的永远不可能是别人，只能是自己——这是真的，二十年如一日，靠踩人搏出位，结果人也没有踩下去，位也没有升上去——不是别人不让他升上去，是他让自己没有办法升上去——哪个上位者用的不是人，谁敢用鬼？好比一只蚂蚁困死在地牢里，一颗心永远、永远地暗无天日，"搬起石头砸自己脚"的浩浩大军里面，他只不过一粒小卒子。

山有木兮木有枝，种花得花，种刺得刺。世间规律就是如此，不信你就试试。

上当时代

1988 年，来自意大利的贝尔托鲁齐的电影《末代皇帝》一举夺得奥斯卡最佳影片、最佳导演、最佳摄影等九项大奖。当被人问及中国印象时，他说："最叫我震撼的是人们的脸，这些脸反映出一种前消费时代的朴素。"

所谓前消费时代，依我的理解，大约就是被消费大潮彻底淹没之前的时代，亦或说消费时代之前的非消费时代。总之，就是一件衣裳老大穿了老二穿，老二穿了传小三，"新三年，旧三年，缝缝补补又三年"的时代，就是一碗米蒸一锅饭，剩下半碗不舍得扔，搀上青菜煮成汤淘饭的时代。

当我们处在朴素的前消费时代的时候，西方正在五光十色的消费时代里大踏步行进。那个时候的中国人初到美国，最让他震撼的不是人们的脸，而是堆积如山的物资：八成新的家具，用了两三年的彩电，簇新却已过时的精装杂志，这些东西被毫不留情弃置街头，变成华丽的垃圾。

最初的震惊与不解很快过去，我们的消费时代也紧随而来。从最初的飞鸽、凤凰自行车，到单卡、双卡录音机，到音响，到VCD、DVD、家庭影院，再到现在的名车、豪宅，人们的消费水平一日千里，呈现一种真正的"发烧"态势——发财之后拿钱来烧的态势。

这种状态诞生了数不清的"发烧友"，凭着深厚的财力跟高科技较劲。比如音响发烧友，讲究的不光是音响的价位和摆放位置，而且要给音响特辟一室，专门聘请专业技师安置，一切昂贵费用均由自己承担，然后在无人之际，静静聆响音响带给自己的听觉震撼。画家陈丹青由此说过一段话："……音乐、音响，究竟哪一样才是他们的福祉？总之，那是一种人类才有，又被人类赋以艺术的名义而能永不疲倦的物质热情。"

这段话其实可以无限止地套下去："绘画，绘画的工具，究竟哪一样才是绘画发烧友的福祉？""手机，手机的款式，究竟哪一样才是手机发烧友的福祉？""服装，名贵的手工服饰，究竟哪一样才是服装发烧友的福祉？""健身，健身房以及各式各样的健身器材，究竟哪一样才是健身一族的福祉？"这个反问所代表的整个消费时代的发烧格式就是："精神、物质，后者才是消费时代高消费一族的福祉。"

不知道是我们心中压抑已久的物质热情点燃了一个轰轰

烈烈的消费时代，还是这个轰轰烈烈的消费时代掀翻了我们心中的欲望之海，反正现实就是，我们正无比奋勇地畅游在这个淹得死人的消费时代，用大把大把的人民币，去置换电光石火的一时之快。

是真的一时之快。从平面直角到等离子，从座机到壁挂，无非一台电视，却以一个个的新名词掩盖住它那听声放影的本质，使它约等于富有、气派，然后凭着此种名义掏光我们的银子；从一居室到二居屋，再到小别墅、大豪宅，说到底只不过一座房子，却用大而无当的面积和美仑美奂的装饰掩盖住它遮风避雨的本质，让它和身份、地位挂起钩来，然后让数不清的房奴负债累累，喘不上气。明知道大而无当，多也无益，但我们仍旧以无比真诚的姿态消费着我们的消费时代，因为我们坚信，这是最正确和神圣的生活方式。

日前看豫剧《朝阳沟》，很诧异：无非一个满纸口号和极端模式化的戏剧情节，布景也粗糙，人物也简单，服装也不鲜艳，戏剧冲突只是建立在一个虚假的新农村的基础上，居然一跃成为经典，直到现在，还在有无数人，包括我，被其中的真诚和热情感染——其实这只不过是一个在大神话的背景下派生出的一个真实的谎言。

尼可拉斯·柯瑞奇写《流行阴谋》，历数纽约、巴黎、米兰、东京诸位超级大牌服装设计师如何同媒体、商家、模特、名流联手炒作，在"国际"时装界呼风唤雨，引领潮流，掏光人们的钱包。其实"阴谋"这个词说得重了些,若非我们自觉自愿,何至于一场又一场的流行遍布开来？充其量只不过是周瑜打黄盖,你愿打,我愿挨。要不,我们有什么资格称消费者？我们这个时代凭什么敢称消费时代？

我们其实也如《朝阳沟》里那一对志同道合的青年,身处消费时代的大神话的背景下,浑然不觉我们正在演戏,还以为这是真正的生活,于是付出十二万分真挚的感情,上了一当又一当。这当上得无比热烈,无法回头,无暇思考,义无反顾,万众一心,直奔向全民尽情消费的未来。

陈丹青这个人的笔触一向比较温厚,但也偶有尖刻在:"上当？消费者就是冲着上当来的！"

一句话概括掉我们这个俊男、靓女、华服、美衣、名车、豪宅的消费时代,原来是一个如假包换,自觉自愿的"上当时代"。

恕我不能陪你轻狂

《红楼梦》里有一对姐妹花——尤氏双艳，香艳、轻狂。尤二姐的轻狂大概属于"闷骚"型，不言不语，温柔绮丽，先跟贾珍，后从贾琏。尤三姐是辣妹型，明目张胆的轻，大张旗鼓地狂，既不正经，又绝不假正经。她在贾珍、贾琏这对无耻之尤面前有过一段绝美的表演："松松挽着头发，大红袄子半掩半开，露着葱绿抹胸，一痕雪脯。底下绿裤红鞋，一对金莲或翘或并，没半刻斯文。两个坠子却似打秋千一般，灯光之下，越显得柳眉笼翠雾，檀口点丹砂……"并不像男人嫖了她，竟像她嫖了男人。这种轻狂并不像蝶恋花、蜂逐蜜，一定要给自己搏来一个大好前程，反而在轻狂背后是惨绿或者沉黑底子的反抗与绝望。

《金瓶梅》里的潘金莲更是天下第一轻狂人。她的轻狂已如血、如墨，浸透每一寸皮骨。从头看到脚，轻狂往下跑，从脚看到头，轻狂往上流，就连观个灯也没有消停："那潘金莲一径把白绫袄袖子儿搂着，显他那遍地金掏袖儿，露出那十指春葱来，带着六个金马镫戒指儿，探着半截身子，口中磕瓜子儿，把磕的瓜子皮儿都吐落在人身上，和玉楼两个嬉笑不止……引惹的那楼下看灯的人，挨肩擦背，仰望上瞧，通挤匝不开……"想来轻狂的一个明显特征就是随时随地都有一种表演性，时刻梦想自己站在大舞台，底下观众双目炯炯，对着自己张大嘴巴呆看，呵，美呀。于是越发扭腰甩袖，睃眉抛眼地唱。

奇怪的是，书中女子，凡是轻狂的，都很漂亮，而在现实生活中所见到的漂亮女子，轻狂的倒并不多见。好女子犹如满目桃花，既美且静，倒是没有大好样貌的人，有时或作轻狂之态，如满坑满谷笑闹喧嚷的大丽花，哪怕一个异性的眼神，都能惹得她"哗"一下绽放开来，动静皆不能自持。

到现在还记得高中时的一个邻班同学，个矮面肥，皮肤油黑发亮，走路一扭十八弯，被一帮刀口无德的男生讥为"丑女蛇"，伊却偏偏越是在他们面前，越喜欢大声地笑、夸张地闹，一边笑着、闹着，一边把眼神一瞥，然后把落在额前的发丝一掠，然后再一瞥，又一掠，这样瞥瞥掠掠中，走过了高中三年。那时是不理解的，还有一些微微的不屑，现在想来，这种轻狂并不同于尤氏姐妹和潘金莲，也不同于世上所有轻薄女子的尘世轻狂，它不过是青春年少的一种特权，亦或说青春世界里一场不自知的轻舞飞扬。

——这个并没有什么不好。青春么，就是要轻，就是要狂，无论这个世界在中年人眼里是怎样的柴米油盐、名疆利场，在青春正盛的人那里，它就是遍地桃花开的心神荡漾。

所以我喜欢看年轻人的轻狂：轻是真轻，狂也真狂。一个二十来岁的青年小友，一定要引我为同道，"咱们这些作家，都是写散文出身……"我惭愧，赶紧声明："第一，我不是作家；第二，我也不是写散文出身，没有一点成就，哪里就敢自言'出身'！"

"你不必客气，"他语气昂然，"我们的功力都已经达到十分上乘的境界，所以，我准备要在某某杂志开专栏。"我疑惑："这是期刊界的老大，从它诞生之日起，就从来没有为任何作者开过专栏，哪怕你著作等身，世界扬名……"

"我开了，不就有了么？而且我希望你也能在那里开专栏，我们要横扫文坛，灭尽千军。三年之内，赶超鲁迅与曹雪芹……"

一边听一边羡慕，战战兢兢，汗不敢出。原来轻狂真是阶段性的消费品，年青人哪怕头顶三千尺的气焰，也是好看。可是要我轻狂，我却不敢。青春已过，世情洞然，自身如蚁，世界如象，叫我伸出腿来，绊大象一跌，我怎么敢！若是我也不知轻重，豪言壮语一番，那就不是青春阵发性的轻狂，而是尘世风骚不自知的轻狂，就像赵树理笔下那个何仙姑，小鞋上仍要绣花，裤腿上仍要镶边，顶门上的头发脱光了，用黑手帕盖起来，可惜宫粉涂不平脸上的皱纹，"看起来好像驴粪蛋上下了霜"。在自己是尴尬，在别人是怜悯，更会便宜那一等刻薄人，歪着嘴巴笑半天。

客气祝福，礼貌作别，心里说小友再见，轻狂是你的资本，于我却是冬令硬要着花的荒唐，恕我不能奉陪你的轻狂。

傲慢与偏见

　　去医院看病，一个衣着寒酸的老头子颤抖抖地摸进内科的门，问："中医科在哪儿？"一个小护士，白衣白帽，面庞光洁美好，声调却冷冰冰地如大理石："这儿是内一科，不是中医科，出去！"张爱玲见小孩子被警察打，一气之下想去做主席夫人，可以给那警察两个耳光；那一刻我希望自己立刻就是医院院长，可以劈头盖脸把小护士教训一顿：看你还敢不敢这么傲慢。

　　人为什么会傲慢？奥斯汀的一部书名揭露了根源——《傲慢与偏见》。人们傲慢是因为有偏见：觉得自己的人种是好的，所以自己的人种就傲慢起来了；觉得自己的民族是好的，所以自己的民族就傲慢起来了；觉得自己的文化是好的，所以自己的文化就傲慢起来了；觉得自己是好的，所以自己就傲慢起来了。

说到底，傲慢的本质不过因了它的背后是得意，得意的背后是自认能干，自认能干的背后是一叶障目，不见泰山；一叶障目，不见泰山了，只能在螺丝壳里做道场；而在螺丝壳里做道场的结果，不是郑重的滑稽，就是庄严的傲慢。

而且傲慢也有等级。这个小护士是最低层次的傲慢，放肆、张扬，一旦比自己地位高的人出现，立马收敛，像气球胀得快爆得也快，一针下去，噗哧！这种傲慢古时多是由仆人、门房和赶大车的车夫表演。比如《红楼梦》里，刘姥姥初到荣国府，就见几个人挺胸叠肚，指手画脚，坐在大板凳上说东谈西。刘姥姥问一句："太爷们纳福。"他们也只是眼角扫描一下子，怠答不理，其实不过看门人而已。还有晏子的车夫，赶车走在闹市上，坐在车后的晏子满面谦抑，他却洋洋得意，鞭花甩得啪啪响，大叫"让开！让开！"

中级傲慢则是冷冰冰的优雅与含蓄，含蓄里又包含着压抑不住的得意，如同开水壶里的蒸汽，一丝一丝往外溢。比如贵族对平民，奴隶主对奴隶，有钱人对叫花子，还有，读书人对和尚。《夜航船》里载一事：有一和尚与一读书人同宿夜航船。读书人高谈阔论，僧畏慑，拳足而寝。僧人听其语有破绽，乃曰："请问相公，澹台灭明是一个人、两个人？"读书人曰："是两个人。"僧曰："这等尧舜是一个人、两个人？"读书人曰："自然是一个人！"僧乃笑曰："这等说起来，且待小僧伸伸脚。"

呵呵。在这里傲慢也不过一层纸，戳破之后挡不住的春光外泄。

高等傲慢则如中医施针，部位精准，施行周到，见什么人要什么态。比如王熙凤，对拿不准身份，但知道是门子穷亲戚的刘姥姥，她的傲慢隐性、收敛，穿得光明鲜艳，坐在那里一动不动，敬茶也不接，用铜火箸慢慢拨手炉里的灰，慢慢说："怎么还不请进来。"这叫气派；帮贾珍在那府理事，独自在抱厦起居，对众妯娌挥霍洒落，目中无人，这叫尊贵；对人人都瞧不起的赵姨奶奶则是词严色厉，若不是礼法所拘，早就一个大耳光刮子抽过去，一股掩饰不住也不必掩饰的峻烈泼辣之气。

在等级森严的古代社会里，大概只有两种人不傲慢：一是刘姥姥这样的赤贫，她傲慢不起来；一是贾母这样的至高无上者，她没必要傲慢。现代人又为什么傲慢？说到底，它是虚弱的优越感和不踏实的防御机能的混合体。因为没有办法准确建立自己的坐标，只好在对别人的傲慢中感知自我生存的优越。天不傲慢，地不傲慢，流云不傲慢，飞鸟也不傲慢，野草闲花、猪鸡牛羊都不傲慢，只有四足无毛的人，对天傲慢，对地傲慢，对日月山川傲慢，对自己的同类更是无微不至地傲慢。

可是奴隶把奴隶主打败了，平民把贵族拉下马来；白人对黑人的傲慢无以复加，公车上连黑人的座位也没有，到后来黑人连总统都当上了。《红楼梦》里，贾府倒台，一干家人发卖，往日挺胸叠肚的家伙们一个个成了霜打的茄子，任人往身上扔烂菜叶、臭鸡蛋；凤姐先是被赵姨奶奶偷偷施"魇魔法"，到最后众叛亲离，丢了性命。可见傲慢这种东西带戾气，不祥，如同飞镖，本来拿去飞别人，最后总会镖回自己身上。

　　但是再不祥也挡不住人们心底傲慢一把的欲望。张爱玲要做主席夫人，和我梦想自己是医院院长，仍是出于能够"卤水点豆腐，一物降一物"的傲慢梦想。可是主席夫人也可能被主席傲慢，医院院长也可能被卫生部长傲慢，行走江湖，步步担险，随时都可能被人傲慢——怎么办？持剑玩酷的是剑客，操刀谋生的是刀客，关中替人收麦的是麦客，网上记日记的是博客，给人当老婆的是堂客，希望以后出现一种职业：专门替被傲慢的人傲慢一把的傲慢客。

走自己的路，
让西瓜去说吧

我喜欢南瓜。

北瓜笨，疙疙瘩瘩，木头脑瓜。一逢到我笨手笨脚做笨事，我先生就会叫我："你这个北瓜！"冬瓜憨，缺心眼儿，喜欢跟人屁股后头瞎起哄，指哪儿打哪儿。电影里那些个心眼儿不全的矮胖子，大多被起名为"矮冬瓜"。如果北瓜和冬瓜这两个活宝需要一个首脑，不用说，一定是伟大的西瓜。

西瓜阴险。本杰明·富兰克林有句名言"唯人与瓜难知"，我估计说的就是它。慈眉善目，大腹便便，一副德高望重的老太爷模样。结果却黑籽白籽不知道，红瓤白瓤不晓得，就跟某些人似的，比如王莽。这位仁兄刚开始还不是礼贤下士，貌似忠良？直到谋朝篡位，把刘秀赶得乱窜，才露出他的黑心黑肺黑肝肠。所以说，有些人是要剖开之后，才能露出真相的。若不剖开，任由你亲亲热热，拍拍打打，当个知己抱回家，也照样给当让你上。

南瓜不笨也不傻，却既不爱出头，也不爱当家——还是个傻。这样的瓜一般情况下都不知道怎么经营自己，比如搞些宣传，来些炒作，顺便当一当随便什么品牌的形象大使，屁股后头跟一团粉丝；谈几回恋爱，出几回轨，写几本出卖隐私的书，名也有，利也有。它最大的乐趣就是蹲坐在蔓儿上，百事不管，和蝴蝶蜜蜂作伴，默默生长。

人的世界岂非瓜的世界？到处滚动着傻乎乎的北瓜、笨笨的矮冬瓜、不言不语的南瓜和一个一个的大西瓜。西瓜最会使巧，会耍奸，会大玩太极推手。它圆润通达的身材，圆润通达的心眼，见人说人话，见鬼说鬼话，跟神仙也能坐一起亲亲热热攀亲家。颇像光彩四射的贵妃玉环，又像光溜溜的蛋——满大街走着一个个光溜溜的蛋。它的路是宽的，阳光是亮的，前景是广阔的，一路走一路被夹道欢迎着。南瓜的路就不同了：细的，窄的，荒草横生的，看上去不像有路的。

两个朋友，一个占了西瓜之份，一个被我当成南瓜一般似不存在。西瓜朋友每日里和我呼朋引伴，姐姐长妹妹短，哄着我替她分忧解难。一旦我难关当前，她躲起来不敢露面，恨不能藏到天边；南瓜朋友平时相隔遥远，一年半载也见不着一面，电话也很少打，几无音信。到我父病母老，被做房奴的日子压得喘不过气，原本没想起来要向她求助的，她却风尘仆仆赶到我面前，手里拿着存折，正告我："尽管用，用多少，支多少，支完拉倒。"

罢了，惭愧。是我这双眼睛认不清黑籽白瓤。其实南瓜它一直存在，就是因为平时不起眼，所以才不怎么招人待见。更可恨的是我这个南瓜朋友走在大街上，连狗都汪汪叫，被我"哈！"一声吓跑。

我自己也一直梦想当一颗光芒四射的大西瓜，结果事与愿违，发现自己越来越变成一粒不起眼的小南瓜。本来在现实世界里就孤寂荒寒，既不爱胡走乱窜，又不爱东聊西聊，既不爱加入社团，又不爱和人拉手拢肩；没想到本性延伸到网络上，照样孤寂荒寒，既不爱聊天，又不爱泡论坛，泡论坛又不爱灌水，屡次被人质疑不热爱自己的"家园"，搞得我很郁闷。

直到看见童话书《当世界年纪还小的时候》里的那段话："洋葱、萝卜和西红柿不相信世界上有南瓜这种东西。它们认为那是一种空想。南瓜不说话，默默地生长着。"

我来给它改一改："北瓜、冬瓜、西瓜不相信世界上有南瓜这种东西。它们认为那是一种空想。南瓜不说话，默默地生长着。"

这就对了。各有各的活法。说到底，是西瓜的心机好，还是南瓜的本色好？是西瓜的尊荣好，还是南瓜的平凡好？是西瓜的华丽好，还是南瓜的纯朴好？是西瓜的巧舌如簧好，还是南瓜的闷声大发财好？是西瓜整天被人吹吹拍拍好，还是南瓜的悄悄过自己的小光景好？狗有狗踪，猫有猫道，各有各好。这个世界多元化，虽然西瓜永远也做不成南瓜，南瓜这辈子也变不成西瓜，可是，只要人生乐趣所在，想做西瓜的，就做好西瓜；想做南瓜的，就做好南瓜。

那就这样定了：诸位都去做西瓜，我来做个悄悄生长的大南瓜。不是有句名言是这样讲的？走自己的路，让西瓜去说吧。

你看你看标点的脸

在一本小说里看到一句话："我就像个句号，没法儿表达疑问、感叹或省略。"心里一动，像开了天眼，刷地一下，一排标点当前，我看见它们各自长着不同的脸。

叹号就像年青人，蹦迪、泡吧、玩轮滑、说脏话，要不就是热血煮开了，喊口号喊得声音都劈了叉，可惜下暴雨一样，激情一散，各回各家。热情的火焰燃得冲天，烧得越猛，熄得越快。

句号就是个扑克脸，央视的新闻主持人也是扑克脸，说不定就是私底下打球那表情都不会变，可是那不表明脸底下没藏着七情六欲。文字表达好了，情感铺垫到位了，一个句号能顶一百个叹号使。当然文章里全都是句号也不成。"草帽。草帽。麦秆儿编。藤编。白色的草帽。黄色的草帽。新的草帽。半新半旧的草帽。破了檐儿落了顶儿的草帽。写了农业学大寨的字和没写农业学大寨的字的草帽。"这是我们本地一位已故的老作家当年调侃几十年前流行的意识流小说时仿写的一段话，吐啊。

顿号的间隔太短，用多了像打机关枪，于是有时顿号、逗号皆可的地方我就用逗号了，当然实在避不过的时候，顿号还是要一顿一顿地上阵的："杀猪，煮肉，灌肠，炸丸子球、豆腐块，围着围裙，扎撒着油手，当当地剁馅，猪肉馅，牛肉馅，羊肉馅，扫地，擦窗，逛超市买烟、酒、瓜子、糖，大包小包往家搬……"短短一段话里逗号和顿号一起飙戏，为的是让人看着欢喜，像一地炮屑散梅红，小哥俩手挽手撒了欢地蹦。

说实话我还是很喜欢顿号的，跟弹簧兔似的；逗号就一豆芽菜，软软的，没什么脾气，你一逗它它就眯着俩眼儿笑；句号是个酷酷的终结者，怎么愤怒、激动、快乐，一个句号一封，得，就跟盖了张铁皮似的；叹号太夸张，用不好就显出外强中干的相；省略号太抒情，有点像琼瑶笔下磨磨唧唧的女主角，你要是不理她，她就给你哭个没完，嘤嘤嘤……嘤嘤嘤……；破折号是个老学究，长着山羊胡，老想给人指点什么，用句现时流行的网络语言来说，"好为人师神马的"，最讨厌了，所以一般情况下都躲着。

其实我也就一句号的脾气，写文章也是面瘫式，用什么标点符号都循规蹈矩，不喜欢"？！"或者"！！"或者"！！！"

或者"？？？"或者"…… ……"地用一堆，所以看见年轻孩子们写的网络小说里用这一堆我就头疼。情多必滥，钱多也滥，人多更滥，撒谎骗人多了叫下三滥，符号多了也一样，一个字：滥。

有的时候四下里看看，人也真的就跟标点符号一般。有的人像问号，时刻都想化身好奇宝宝，爱迪生、爱因斯坦什么的差不多就是这样的。有的人像叹号，就是京剧里的张飞张翼德，喝老白干，吃肥肉片。有的人像省略号，总让人看着别有深意似的，深意在哪儿，只有他自己知道。我就知道一人，钱钟书的《围城》里的，叫韩学愈，跟方鸿渐一样买了一个假文凭回国混事的，就敢夸口娶了个美国老婆，其实不过是在中国娶的白俄；夸口说"著作散见美国《史学杂志》《星期六文学评论》等大刊物中"，其实不过发表在《星期六文学评论》的人事广告栏："中国少年，受高等教育，愿意帮助研究中国问题的人，取费低廉。"和《史学杂志》的通信栏："韩学愈君征求二十年前本刊，愿出让者请某处接洽。"就因为他说话少，慢，着力（好掩饰他的口吃），听上去就上带着隐形的省略号，让人自动补齐他省略掉的内容为满腹经纶，是以做得了系主任——所以天下的事蛮难讲。有未竟之志的人也是一省略号，省略了什么，那就只有天知道。我到现在还记得一个文友去世前说的话："我刚琢磨出来写文章的路子了，结果就得走了……"大部分人还是清清淡淡的句号。小孩子是一个个的顿号，尤其排着队出现的时候，一个、一个、一个的，看着好玩死了。

要这么说的话，人这一辈子基本上也就可以用标点符号概括了：在娘肚子里是逗号，出生了是顿号，再大些化身成问号，再大些青春期了变叹号，再大些，看得秋风独自凉，省略号，再大些，俩眼一闭，驾鹤西去——句号。

你看你看，标点的脸，逗号长着山羊胡，问号挂着拐棍儿，叹号戴着耳坠儿，省略号是一串匀实的小呼噜，句号是个小子弹，凡事一般都由它给出个结局，一枪命中靶心，希望这个靶心只有两个字：幸福。

普鲁斯特和马二先生

读胡兰成的《今生今世》，有"繁星如沸"四个字，运笔近妖，把我惊到。

后来才发现他的师尊是苏轼，写过"天高夜气严，列宿森就位。大星光相射，小星闹若沸"（《夜行观星》）。不过坡仙被纪晓岚在"小星闹若沸"下重重打一道墨杠，批"疑为流星"。

这位纪先生，他还真当小星如蛙，在夏天的夜里扯着嗓子叫"呱呱呱，呱呱呱"，然后一个个像曳光弹，拖着长长的光尾巴，嗖一下一个踪影不见，再嗖一下又一个踪影不见啊。

文字的世界多陷阱，上宽如洞，下似尖针，一副牛角模样，想不到真有人前赴后继，猛往里钻。

宋祁《玉楼春》有"红杏枝头春意闹"。李渔嘲笑道："此语殊难著解。争斗有声之谓'闹'；桃李'争春'则有之，红杏'闹春'，余实未之见也。'闹'字可用，则'吵'字、'斗'字、'打'字皆可用矣！"

既是红杏不能"闹"，那么梅也不能"闹"，灯也不能"闹"，毛滂《浣溪沙》的"水北寒烟雪似梅，水南梅闹雪千堆"、黄庭坚《才韵公秉》的"车驰马骤灯方闹，地静人闲月自妍"都该毙掉。盛夏去白洋淀，真是如范成大《立秋后二日泛舟越来溪》所讲："行入闹荷无水面，红莲沉醉白莲酣。"荷叶大如伞、小似钱，摩踵挨肩，闹市一般。换"盛荷"、"绿荷"均失其神，这样又该怎么办？

文字这种东西本来好比千面观音，一时它喜欢素白颜面，青丝松绾；一时它又喜欢盛装严饰，满头钗钏；一时它又变成尤三姐，戴着耳坠子，敞着白脯子，翘着小金莲……千变万化一张脸，如鱼、如花、如响、如云，难道非得要把它化成铁汁，倒进模子，再磕出一把把壶、一只只犬、一枚枚不差模样的钱？

《儒林外史》里有一个游西湖的马二先生，大长的身子，高高的方巾，乌黑的脸，拥着个肚子，一双厚底破靴子，横着身子在女客们的人窝里子乱撞，女人也不看他，他也不看女人。他的眼里只有热茶、橘饼、芝麻糖、粽子、烧饼、处片、黑枣、煮栗子——不解风情到如此。

这样的人若是不幸而做了批评家，是一定要把文字"规"成慈禧出巡时大轿前的顶马：一律昂着头，跨大步，却是蹄子似挨地不挨地的时候，慢慢地一蜷，又缩回来约一尺五，实际上走的却只有五寸，这样来和轿夫的步伐相等。就这样，马蹄子落地"哒哒哒"、轿夫走路"嚓嚓嚓"，方能尽显天家威严和光华。

所以他们读了唐代李绅的"春种一粒粟，秋收万颗籽"，一定要指摘其不符合生物学事实：一粒粟顶多收一二百颗籽，怎么能收一万颗呢？唐代浮夸风实在太重了啊啊！读了陈丹青的"我站在屋后树林子里谛听山雨落在一万片树叶上的响声"，更会张着嘴笑：你真的数过了，不是 9999 片树叶吗？

想想就觉得冷。

普鲁斯特一生病卧在床，却是屋小而心大，乘着文字走天下，所以他的《追忆似水流年》才能字字句句皆如宝花。他居然想象着"巴马"这个城市因其名字而"紧密、光滑、颜色淡紫而甘美"；"佛罗伦萨"则仿佛是一座散发出神奇的香味，类似一个花冠的城市；"贝叶"的巅顶闪耀着它最后一个音节的古老的金光；"维特莱"末了那个闭音符又给古老的玻璃窗镶上了菱形的窗棂；悦目的"朗巴尔"，它那一片白中却既有蛋壳黄，又包含着珍珠灰……美丽的"阿方桥"啊，那是映照在运河碧绿的水中颤动着的一顶轻盈的女帽之翼的白中带粉的腾飞；"甘贝莱"则是自从中世纪以来就紧紧地依着那几条小溪，在溪中汩汩作响，在跟化为银灰色的钝点的阳光透过玻璃窗上的蛛网映照出来的灰色图形相似的背景上，把条条小溪似的珍珠连缀在一起……

　　所以马二先生和普鲁斯特即使同在一个时空也不能相见，否则普鲁斯特先生的文字会让马二先生晕菜，马二先生的批评会让普鲁斯特发疯。

　　春风春日，绿水小亭，就便有学究先生眉竖目瞪，也拦不住风流才子弹琴唱歌给美人听，文字的风情本来便是墙里桃花墙外红，看你有什么本事朵朵都禁。

不可太用力

　　年轻时爱过一个人，爱到什么都不肯要，什么都肯给，把自己踏进泥里，把那个人奉为上帝，整日整日地傻笑，整夜整夜地哭泣。梨花一枝春带雨？弱了，是汪洋恣睢的一江水。

　　等到散了，又恨他，恨到眼底流血，恨不得那个人立时三刻化烟化灰。恨到拿刀割自己，恨不得剜掉自己的眼珠子，再把心活生生地挖出来。

　　后来开始选择遗忘，直到再怎么用力也回想不起曾经有过的哪怕一丝过往。那个人回来了，说你还记得吗？我们曾经在这条路上走过。有吗？瞬间茫然，我真的是，什么都记不起来了。

　　爱得太用力，恨得太用力，遗忘得太用力，把自己都丢了。

　　如今人到中年，依旧火性不减。油烟机有油，水槽里有水，桌上乱翻书，心头怒激，一巴掌把书报全都横扫在地。天色已晚，鸟雀归巢，一家人说说笑笑，父亲、母亲、丈夫、女儿、狗、猫，听在耳里不是红杏枝头春意闹，是群猴大闹水帘洞的闹。

心中郁闷，出来散步，天上朗月高照，没心情冲它笑。

一切都不好。人生如打仗，想着打赢的，结果打来打去，总归还是输了。爱情没有尽善尽美，输了；家庭没有尽善尽美，输了；工作没有尽善尽美，输了；孩子没有尽善尽美，输了……一切都输了。

然后不知道怎么回事，一个趔趄就倒了。等到清醒过来，想的是，我太累了，再这样下去就离死不远了。其实有什么呢，家里乱一些没关系的，吵一些也没关系，生活不完美没关系，生命不完美也没关系。松弛下来，软和下来，世界是朵花，有香气，停下来，闻一闻吧。

而且香气里有规则在。

古人聪明，早就窥破天机，谆谆告诫：情深不寿，强极则辱，小心啊，一定要小心。可是为情所困的照旧为情所困，想建功业的照样想建功业。都说慕仙慕道，却是世人种种，总是有老子不肯学老子，有庄生不肯学庄生。

犹记得《还珠格格》里，紫薇和尔康这样讲：

紫薇：尔康，不要难过。

尔康：我没有难过，只要你不难过，我就不难过，紫薇，答应我不要难过。

　　紫薇：尔康，我没有难过，我哪有难过，你不要难过，你看我都不难过了，你也别难过，不要难过，尔康！

　　尔康：好好好，我不难过，可是紫薇，你一定别难过，难过的已经都过去了！

　　紫薇：恩，我们都不要难过吧！

　　当时我就笑喷了。

　　演戏如恋爱，不可太用力，太用力遭人笑。你看《潜伏》里的小眼孙红雷，一张脸永远那么面无表情的，却是内里有大江大海，这叫演得好，演得到位。做官如演戏，亦不可太用力，否则就会太想把官做上去，结果把官做下来。做富翁又如同做高官，亦不可太用力，否则不是成了守财奴葛朗台，人死了，钱没花了，就是成了雅典的卡门，人活着呢，钱没了。做文人又如同做富翁，亦不可太用力，否则不是得个什么鸟奖就欣喜欲狂，就是为没得个鸟奖满腹闺怨。再不然就是"世人皆醉我独醒，世人皆浊我独清"——你又不是屈原，怕不是世人皆醒你独醉，世人皆清你独浊？做美女又如做文人，更不可太用力，东施学西施太用力，结果成了效颦了。要不然就成了白雪公主的后妈，整天跟镜子过不去："镜子啊镜子，这个世界上谁最美丽？"省省吧，任你轻扭蛮腰，款抬玉臂，轻掠云鬓，慢下楼梯，只因存了一个计较的心，最美丽的怎么也不是你。

　　炒股太用力易破产，破产易自杀。做穷人太用力易卑贱，做朋友太用力易散，昙花开得太用力，美则美矣，一夕即谢。养家太用力了，百病丛生，身心疲惫。作家太用力容易过劳死。书癖手不释卷，洁癖手不释抹布，爱官癖近官则荣，疏官则萎，美女癖俗名花痴……皆不是天地涵养万物生机的道理。

　　总之一句话，做人不可太用力，好比美人妙目莹莹泪，远胜于嚎啕乃至声嘶力竭。一切都要适可而止，就像周作人说的，于日用必需衣食之外，有一点无用的游戏与享乐，看夕阳，看秋河，看花，听雨，闻香，喝不求解渴的酒，吃不求饱的点心。人生如水墨，襟怀冲淡一些，坠下悬崖也能看见花，这叫境界。

种瓜不为得瓜，
为的是看花

去书店，那么多的书看得我眼晕，就像皇帝在三万佳丽里挑选待幸的美人，一边辛苦挑书一边纳闷：这么多的书，有多少人看呢？偏偏我又刚刚签了一本来写——既然没有人看，我还写来干什么？

偏偏在这关键时刻，一个老先生又兜头给我浇下一瓢雪水。他直言不讳地说希望我立志高远，写出传世之作，不要文字写了许多，能给人留下印象的很少。天啊神啊圣母玛利亚，玛格丽特·米切尔凭一本《乱世佳人》传世，马尔克斯凭一本《百年孤独》传世，路遥即使别的作品都没有，他的《平凡的世界》也足以让他传世。我呢？我拿什么传世？

一句话说得我神昏气丧，写什么都觉无意义，干脆逛街、泡吧、上网、看电视。可是人不累，心长草——我过不了这样的生活。往常熬夜写作，字字都有我的心血，字字都从我的心苗上所发，忙极累极，却像饱吃了一顿山珍海味。黛玉说宝玉："我是为的我的心"。宝玉说她："难道你只知你的心，不知我的心？"我的文字和我的心就是这样的彼此相知。那个时候心净无念，哪里还想得到后世不后世的事。

就像39岁的博比，原是法国妇女周刊《她》的主编，事业做得风生水起，生活过得有滋有味。却因为一根血管破裂，搞得肢体和器官都不能动弹，变成一个"活死人"。要命的是，虽然被囚三尺病榻，智力却完好无损。一个人变成一只茧，僵硬的壳封住一颗勃勃跳动的心。看得见，说不出来，听得懂，表达不出来，全身能动的就只剩一个左眼皮，除了能睁能合，它还能干什么？

可是一位语音女医生无意间发现他有交流的渴望，便尝试着在他眼前举起字母牌，他就用左眼皮的眨动，一个字母一个字母地遴选，一个词语一个词语地拼凑，就这样，居然一行一行地"写"起书来。最后，自传体的长篇小说《潜水铜人与蝴蝶》问世。铜人被幽暗的水体关锁，不能说话，却有着精铜般的意志，而在铜人的一层坚硬甲壳里，藏着的是思想那轻盈起舞的蝴蝶。

一书完成，博比安静去世，没有一丝遗憾。他凭着左眼唯一会动的睫毛"眨"出来的文字，完成了自己最后的人生传奇。我相信，他在千千万万次眨动左眼的时候，并没想着让全世界都知道博比是谁，他只不过想要"说话"而已，这是他辛劳而最感惬意的生命方式——必须如此，不得不如此。

一部《石头记》，那也是曹雪芹经营出来的一亩三分自留地，他何曾想着要流传后世？举家食粥也罢，赊酒来喝也罢，穷、苦、疲、弊、艰辛、操劳，这些都罢，那种有关"披阅十载，增删五次"的辛苦写作的表达，其实从很大程度上是写给别人看的。一边冲别人叫苦，一边偷偷藏起来一种感觉，那就是他从写作中得到的深沉的，足够躲避尘世的，抵挡千军万马的叫嚣与冲击的，愉悦。

一位乡土作家说过一句话："我迷恋生活的过程，于是常常在中途停下来四处看看，也随手捕捉一些风与影。我知道，只要我的手一松，它们就会烟消云散……"正因为怕它们烟消云散，世人才选择了各种各样的储存路径和表达方式，用手、用口、用纸、用笔、用眼、用心，唱歌、跳舞、演戏、写诗。一种方式就是一条路，条条道路都通向渺不可知的未来。

说起来，一个人走上一条路，既是他选择了路，也是路选择了他。前途荒荒，大风大雨，走到哪里不知道，有路无路也不知，反正就是要一步一步走下去。间或风停雨歇，花叶水迹犹湿，小鸟唱出明丽的曲子，这一时半会儿的心旷神怡，就权作了给自己半世辛劳的无上答谢，哪里会想得到遥远的后世。

世上事本就如此，就算你耕田、布种、施肥、浇水，晴天一身土、雨天一身泥，种出一个个西瓜肥头大耳，也挡不住虫咬鼠患、雪压风欺，一场雹子下来，就砸得藤断瓜碎，根本无法注定一个果实累累的结局。倒不如忙时且忙，闲时安坐田园，清茶一杯，看郁郁黄花，蝶舞蜂飞，自是人间一快。谁说种瓜就一定要得瓜？我种瓜，为的是看花。

请你拈花微笑

　　老公的二姨来家作客，大家一起吃饭，我看着她在椅子上拧来拧去，心里说，快来了。

　　果然，不一会儿，她打断热热闹闹的家常谈话，跟我说："你为什么还不信主？"

　　我嫁到婆家二十年，她足足劝了我二十年。

　　劝诫内容如下：要信主啊，不信就下地狱，地狱里面有硫黄火！信了能上天堂！

　　我说那些做好事的不信主，也要下地狱啊？

　　她说对啊！

　　我说那我不信了。

　　她说那你如果不信将来下了地狱可不要怪我没有救你啊，虽然我可以上天堂，但是这个是不讲亲戚关系的，

BLABLABLA……（此处省略一万字）。

我知道她是一个虔诚的基督徒，也知道她博爱、信诚、想救众生。可是，我还是不想听。

很多年前，我的一个小同事，喜欢音乐，整天把热血沸腾的音乐从早晨八点响到下午五点半。我说咱打个商量，你用个耳塞好不好？我这都备不成课了。她说多好听啊！白给你听你还不稀罕。

去洛阳，看牡丹，酒店走廊摆放一盆牡丹花，叶片是软的，花瓣是绒的，绿蓬蓬的叶，紫红红的花，百层千层的瓣，却原来是洛阳牡丹里面最平常、最常见的"洛阳红"。

传说当年武则天做了皇帝，冬日赋诗催花开："明朝游上苑，火速报春知。花须连夜放，莫待晓风吹。"众花仙奉命开花，唯独牡丹不从，于是被架火烧焦，贬至洛阳，结果却在洛阳怒放，人称"焦骨牡丹"，它就是"洛阳红"啊。

说起来，牡丹仙子未必是一定要抗逆权贵，彰显气节，说不定只是被激起了心里的毛刺。没有谁愿意把别人的意愿强加到自己身上，可是偏偏就有人愿意把自己的意愿强加到别人身上，可不引人反感？

读一本书，叫《天才在左，疯子在右》，里面有一位佛教信徒，总是在很焦急地对人说："你这样怎么行？你的牵挂太多了，断不了尘缘啊！这样会犯大错的！"又说："对于那些外教邪论，我都去找他们辩，我看不惯那种人，邪魔！"

可是呢，辩了半天无意义，说了半天无结果。倒是有一个和尚，行脚化缘，有人好奇，凑近去看，他只是微笑一下，很坦然的问能不能施舍点儿吃的给他。然后拿着别人施舍给他的馒头，就着自带的用玻璃罐头瓶装的凉白开吃起来，一边吃一边闲话些家常，待到吃毕，征得施主同意，把剩下的馒头用布包好收起来，背起行李卷，谢过之后，走开。

没有布讲，没有辩论，没有说一个和"佛门"有关的字，因平和自然，把佛门善根悄悄种在人的心田。

还有一人，上下班经过的路口有棵大树，一位年轻和尚不论晨昏晴雨，总是站在大树下托钵化缘。树下常有两三位蓬头垢面、敝衣褴褛的小孩在追逐嬉戏。有一次，他无意中发现小孩竟公然窃取和尚钵里的缘金，而和尚却视若无睹。后来再经仔细观察，发现小孩的偷窃行为并非"偶然"，而是一种"习惯"——和尚的缘金，成了他们的收成。

后来，他搬迁新居，有一天，再次无意间经过那个路口，发现那位和尚仍然默默地站在那儿化缘，但旁边多了两位小沙弥——就是那两个偷窃缘金的小孩。

飘风不终朝，骤雨不终日，大风刮得来房倒屋塌，也吹不开遍地春花；豪雨下得来遍地汪洋，也浸润不出一片柳丝嫩芽。你看那和风轻轻吹，小雨丝丝下，无数的烂漫春光，就被慢慢地催开了。

还回到婆家二姨的对我布道上。十年前她问我，我回答说："机缘不到。机缘到了，就信了。"十年后的现在，我只想让她能够闭上嘴巴，给我安静。虽然说"己所不欲，勿施于人"，引申出来也可以是"己所欲，施于人"，可是，我爱吃香蕉，你爱吃菠萝，我没把香蕉塞进你的嘴里，你凭什么就一定要把菠萝塞进我的嘴里？每个人都有自己的真理，你带着你的真理安静为人，若它有力量，自会引人入胜境。而己之所欲，必欲与人，结果只能是被人心生反感，能逃多远逃多远。

《大梵天王问佛决疑经》载："尔时大梵天王即引若干眷属来奉献世尊于金婆罗华，各各顶礼佛足，退坐一面。尔时世尊即拈奉献金色婆罗华，瞬目扬眉，示诸大众，默然毋措。有迦叶破颜微笑。"

所以，就算你是你的真理的嘴，它也可以沉默不语，只拈花微笑。

身后自有万花盛开，沉默招摇。

人心是容易吹落的花

中国的传统生活方式就是一个字：慢。《儒林外史》写到两个低级佣工："日色已经西斜，只见两个挑粪桶的，挑了两担空桶。歇在山上。这一个拍那一个肩头道：'兄弟，今日的货已经卖完了，我和你到永宁泉吃一壶水，回来再到雨花台看看落照。'"货卖完了也不急着赶回家，哪怕面临的生活压力再大，也没有磨灭他们缓慢、悠闲的情致。

而陶渊明之所以辞官归隐，就是因为官场的生活节奏太快，人太浮躁、太功利，不宜养心，于是他才回到家里，过他那隐士般的、理想中的"慢生活"：自斟自饮地喝一点小酒，闲晃到小屋的南窗看看窗外景色，随意步入园中，抬头看看天上流云，伸长脖子看看云外飞鸟，手流连在孤松身上，不知不觉，已天色当晚。

古人吃饭、走路，都是慢的。读书也慢，所谓"纸屏石枕竹方床，手倦抛书午梦长"，兴致来了便读，读困了便睡，不会强撑着眼皮，把东西一股脑硬往脑子里塞，塞进去也消化不了，憋得痛苦难耐。"头悬梁锥刺骨"都是为的赶科考等功利目的，真正爱读书的、做学问的，反而不会这么干；写作尤其是慢。曹雪芹一生只写一本书，就这一本书，"披阅十载，增删五次"，结果就是成就现在一个文学大流派："红学"。

古人的爱情也很慢。如果说李商隐的"身无彩凤双飞翼，心有灵犀一点通。隔座送钩春酒暖，分曹射覆蜡灯红"是两个有情人的节奏缓慢地玩暧昧，那么柳永的名篇《雨霖铃》"……执手相看泪眼，竟无语凝噎。念去去、千里烟波，暮霭沉沉楚天阔。多情自古伤离别。更那堪、冷落清秋节。今宵酒醒何处？杨柳岸晓风残月……"便是两个确定关系后的恋人分别时的千般不舍、万般挂念，而李商隐的"君问归期未有期，巴山夜雨涨秋池。何当共剪西窗烛，共话巴山夜雨时"便是结为连理的夫妻相隔异地时长长久久的思念。

古人信奉"读万卷书，行万里路"，所以他们对旅游的热衷丝毫不亚于现代人。虽然没有交通上的便利条件，胜在心态悠闲。公元 848 年 9 月，杜牧从浙江出发，要到长安当官，一路上也不着急，游游山玩玩水作作诗，抵达目的地已经是 12 月，真有闲情逸致。

朋友之间，交往也慢，既随意，又悠闲。在一则小故事里，有一个人去很远的人家做客，结果等他到的时候，主人正睡觉，他就坐在门口等主人出来，等着等着，他自己也睡着了。主人出来一看，客人在睡，哦，别叫醒他了，我也继续睡吧，于是他也坐在一边睡着了。结果客人醒来一看，哦，主人来迎接我，又睡着了，那我也继续睡吧。就这么，一天过去了，天黑了，客人也就回家了。主人和客人之间，就被一种淡然、随性的友情萦绕。

古时候邮路传递信件也慢，一封信件发出，驿站一站一站递转，不知道多久对方才能收到。消息慢慢行走在千山万水之间，一头连着递者的思念，一头连着受者的思念，时间越长，发酵时间越久，思念越醇厚。而思念之后的相见，分外激动与温暖。

明代人刘侗在《帝京景物略》中记载一件趣事："日冬至，画素梅一枝，为瓣八十有一，日染一瓣，瓣尽而九九出，则春深矣，曰九九消寒图。"一幅画，一直画九九八十一天，日子也慢，心也悠闲，才有心思一笔一笔画梅瓣。

而慢生活中的诗意无处不在，就像张潮在《幽梦影》里所说："春听鸟声，夏听蝉声，秋听虫声，冬听雪声。白昼听棋声；月下听箫声；山中听松风声；水际听欸乃声，方不虚此生耳。"

想想看，我们有多久没有侧耳倾听过鸟声、蝉声、虫声、雪听、棋声、箫声、水声、橹声、风声、雨声了？之所以没有听，是因为我们步调不肯慢，心态不肯闲；快快吃完，快快工作；快快干完，快快休闲；快快读完，快快卖弄；快快爱完，快快结婚……十足的煞风景。

曾经有一个问题这样问："你是来生的，还是来死的？"若回答是来生的，那就选择慢生活吧；如果回答是来死的，那只管去快，最终身体疲惫，心理疲惫，一路"奔死"，头也不回——人心是枝头的花，过快的生活节奏最容易吹落了它。

箭在弦上，也可不发

袁绍和曹操打仗，陈琳遵袁绍命檄文骂曹，连曹操的祖宗八辈都骂进去了。后来袁绍败了，陈琳降了，曹操说你骂我骂得忒难听了。陈琳辩解说自己是"矢在弦上，不可不发"。于是，这个成语也就流传下来了，顺带流传下来的，还有这样一种思维定势：箭在弦上，一定要发。

也是，弓已拉圆，弦已张满，作为一根箭，它的使命好像就是刺破虚空，一击命中。万不可众目睽睽之下再收回箭袋，丢不起那个人。

2008 年的北京奥运，"飞人"刘翔毫无疑问是夺金的最大热门。"万众瞩目"的说法不是夸张而是缩水，盯着他的何止万人，国内的、国外的，电视机前的、赛场上的，亲戚、朋友、教练、记者，认识的、不认识的，目光炯炯，堪比探照灯，都等着看他怎样刷新纪录，收金入袋，为国争光，头角峥嵘。

结果，比赛的号角响了，别的"箭"都嗖嗖往前冲了，他却跑出去两三步，面容扭曲，停步，下蹲，退赛，走人。

举国哗然，骂声一片，寒风峻烈，惊涛拍岸。他说我跟腱受伤了，大家说你怎么不咬牙坚持？他说我若坚持，这只脚就废了，大家说体育是勇者的舞台，你不配站在上面。大家口诛笔伐，恨不得把他扒皮示众，纷纷扬扬，如扬沸汤。那段时间刘翔的狼狈恐怕真的不足为外人道也——这就是那箭在弦上而不发者的下场。

结果 2011 年末，刘翔养伤三年，在韩国大邱田径世锦赛上一举摘银，获世界劳伦斯体育奖"最佳复出奖"提名，同一天又获国内体坛风云人物奖"年度最佳男运动员奖"提名。蛰伏三年，他再次把弓拉圆，终于射出一支漂亮的利箭——若无此前的临阵收箭，也无今日的再续辉煌。

看起来，所谓"箭在弦上，不得不发"，那得看是在什么情形之下。若是明知箭射出去的结果是弓断箭折，还要把自己当成一支利箭嗖嗖地往出射，那不叫勇敢，叫头脑发热；若是衡量局势，冷静明智，及时收弓撤力，虽是当时背了骂名，却是绿水长天，留下青山。

两年前，我们本地出了一起绑架案，两名高中生密谋绑架一名家境富有的初中生,好勒索赎金。不过他们不想暴力为之，想要怀柔，最好诱拐对方从家里替他们偷出钱。打着这个如意算盘，两个人为了接近这个学生，煞费心机地制造巧遇，再请吃饭、请看电影、陪打游戏，想尽一切办法赢得对方信任。结果对方虽然年龄小，却警惕性很高，诱拐不成，高中生 A 便想霸王硬上弓，绑了要钱，高中生 B 觉得毕竟相处这么长时间，心中不忍，说要不就算了，被抓住了咱们都完蛋。结果却被 A 一句话打消疑虑，A 说："箭在弦上，这时候犹犹豫豫，还算个男子汉？"B 热血冲脑，那就绑！

　　结果几枝箭嗖嗖连射，第一箭是绑架，第二箭是勒索，第三箭是杀人灭口，第四箭……没了，两个人身陷囹圄，法律自有公正。

　　所以，"箭在弦上，不得不发"这句话，实在是有大问题。一方面，凡事要看得长远，即使弓圆弦满，利箭映着碧日寒光闪闪，若是时机不对，亦不可盲目发箭，否则饮恨终生；一方面，凡事要左右掂量，就便是一切都准备得千周万全，若是行不义不智之事，哪怕是最后关头，箭在弦上，又何妨息弓罢箭，总好过后悔终生。

　　箭在弦上，也可不发啊。

惭愧也是一种德行

"莎衫筠笠，正是村村农务急，绿水千畦，惭愧秧针出得齐。"卢炳的这半首《减字木兰花》翻成白话，就是：青箬笠，绿蓑衣，挽着裤管下田地，绿水千畦，唉呀惭愧，碧洼清波秧针细。本是活画出一片好光阴，可是奇怪，农人见禾苗整齐，正该喜悦，为什么要惭愧呢？

所以说他懂农人的心：撅腚向天，俯首向地，纷纷碎碎的汗珠子，这样拼死劳力赢得能预见年丰岁稔的好景致，却并不骄矜自喜，而最知惜福，好比是撒骰子，偶然撒出个好点子，便觉是上天眷顾，于是觉得难得、侥幸、欣喜，于是"惭愧"。

胡兰成《今生今世》里说的"中国旧小说里英雄上阵得了胜或者箭中红心，每暗叫一声惭愧"，也是这个意思。就连陆游都"行年九十未龙钟，惭愧天公久见容"，也并不把自己活九十还耳聪目明当成自己会养生的效果，而是觉得虽是己身无德，却劳天公格外偏爱，于是惭愧。

有惭愧心的人，每天总是问问自己："我做得好吗？我有没有对得起别人？"没有惭愧心的人，却是会根根怒眉如针，一声声质问别人："你做得好吗？你有没有对得起我？"佛家忌"我执"，皆因"我执"太盛，则天地间只有一个"我"字，"我"是最大的、最好的、最该得着的、最不该失去的，花也是我的，叶也是我的，世间金粉繁华俱都该归我，清风明月又不能白给了别人。有惭愧心的人则如会使化骨绵掌的高人，把"我执"一一化去，所以《遗教经》上又说："惭愧之服，无上庄严。"庄严就在于，有惭愧之心的人觉得，花本不属我我却得见，叶不属我我也得见，金粉繁华哪里该有我的份呢？惭愧，上天垂怜于我，我享受这些真是该惭愧的。

所以惭愧是自见其小、自见其俗、自见其弱、自见其短而自觉的红晕上了粉面。见高人圣者自然要叫惭愧，见乞丐行走路上而自己衣装鲜亮，也要暗叫一声惭愧，那意思未必一定是也要自己污服秽衣，不过是叫自己起惜福之心，知道悯恤他人：未必讨吃要饭的为人做人不如己，不过是天生际遇相异，所以万不可端起一个傲然的架式，从鼻尖底下看人；见人做了侠义的事、仁和慈悯的事，更要暗叫一声惭愧，因同样的事情当头，未必自己就能如人，或有心无力，或有力却无心，都值得惭愧；即便如人一样做了，也要叫一声惭愧，因惭愧自己不能做更大更好的事，好比一块布由于幅面所限，不能绣一朵更大的牡丹；抑或因了幸运，自己竟能成了大事，那更是要叫一声惭愧，因必定是有上天眷顾，才能成器，这一声惭愧，是叫自己把头低下来，不可因之多加了傲慢冷然杀伐之气。

惭愧，我不如他。

惭愧，竟见垂怜。

惭愧，当做之事未做。

惭愧，分外的福分竟得。

一切都值得惭愧。贾母祷天，未必不是因知惭愧而惜福。她虽待见凤姐，凤姐却是一个不知惭愧的人。她受了大婆婆的气也会羞得脸紫胀而气恨难填，又因从她房里抄出高利贷的债券连累家运而羞愤欲死，却不会因贪酷致人而死而惭愧，所以她是无本的花、无根的叶，又如剁了尾巴当街跳踉的猴，虽是热闹，后事终难继。

一本书里解汉字"惭愧"，说它是"心鬼为愧，心中有鬼也。斩心为惭，斩除心中之鬼，是为惭愧。人若知惭愧，常斩心中鬼，则鬼无处藏无处生。心中无鬼则问心无愧！"真是饭可以乱吃，话不敢乱讲，敢说自己问心无愧的，倒多半是大话，真值得惭愧。

惭愧是一种德行，好比一丝阴影，旷野骄阳下行路的一蓬花叶，直待我们"亭前垂柳，珍重待春风"；也是藏起来的暗器，再躲也没用，不定什么地方和什么时刻，以什么方式，我们就会和它来一个猛烈的不期而遇———箭穿心。

第五辑

给生活一张漂亮的脸

生活就是这样一种东西：你用笑脸对它，它就还给你一张恒久温暖的笑脸；你用哭脸对它，它就会把这副哭脸毫不客气地贴回到你脸上。对一个女人而言，把美丽留在脸上是一项艰巨的工程。多少人热中于护肤和美容，却忽略了心灵的力量。

给生活一张漂亮的脸

她们是我的亲人。

第一个女人天生丽质。据说小时候她曾被抱上戏台，扮秦香莲的女儿。待化上妆，个个啧啧称叹："这丫头，长大准是个美人！"果然，她越大越漂亮，柳叶眉杏核眼，樱桃小口一点点，往那儿一站，倾倒一片。可惜父母早丧，哥嫂做主把她嫁给一个老实巴交的农民。她自叹命苦，常常蓬头坐在炕头，骂天骂地，骂猪骂鸡，骂丈夫儿女，然后睡在炕上哼哼——她把自己气得胃痛。

一切都让她心灰意懒，她的最大爱好就是算命。我还记得她一边拉着风箱升火做饭，一边把两根竹筷圆头相对，一端抵在风箱板上，一端用三个指头捏定，嘴里念念有词。眼看着筷子朝上拱，或者朝下弯，"啪"地折断，吓我一跳。问她在干什么，她说算算什么时候咱们才能过上好光景，穿新衣、吃好饭……

所以她的心情基本有两种，不是发怒就是发愁，发怒的时候两只眼睛使劲往大睁，发愁的时候两个大疙瘩攒在眉心。

第二个女人和第一个正相反，年轻时绝不能说漂亮。我见过她17岁时的照片，黑黑的皮肤，瘦骨嶙峋，看不出一点美丽。当时家境贫困，父亲卧病，她是长女，早早就挑起生活的大梁，饱受辛苦和磨难。

后来她也嫁给一个农民，穷得叮当响，连栖身之处也没有，无奈借住在娘家，东挪西借盖起几间遮风挡雨的房子。结果没住满三年，顶棚和墙壁还白得耀眼，弟媳妇前脚娶进来，后脚就把他们踢出门。

两口子只能再次筹钱盖房。旧债未还，新债又添，不得不咬着牙打拼。丈夫在外边跑供销，四季不着家；家里十几亩农田不舍得扔，女人就在当民办老师之余，一个人锄草浇地，割麦扬场，给棉花修尖打杈。七月流火，烈焰一般的太阳烘烤大地，她放了学就往大田里赶，一头扎进去，头也顾不上抬，汗水滴滴答答流下来。两个孩子，一个7岁，一个5岁——负责做饭：合力把一口锅抬起来放到火口上，水开了放把米，煮一会儿，生熟都不知道，再合力抬下来。时间到了，女人草草回家吃一碗没油没盐的饭，接着往学校赶。

终于又盖起一处体体面面的新房，大跨度，大玻璃窗。她就和儿子开玩笑："小子，以后这房子给你娶媳妇，要不要？"儿子心有余悸："妈，人家会不会再把咱们赶出来？"她眼一瞪："敢！这是咱家的地盘！"没想到人算不如天算，新房子压住了规划线，立时三刻又要拆迁。她哭都没力气了，一个字：拆！往后倒退三米。一咬牙：再盖！

拆拆盖盖中，转眼十几年。这样苦，这样难，也不怨天尤人，整天笑笑的，最爱说的一句话是："哭也是一天，笑也是一天，为什么不高高兴兴过日子呢？"

如今她一家子都搬离农村，进了城。她也老了，反而比年轻时好看：脸上平展，不见皱纹，就眼角几条有限的鱼尾纹，还统统像猫胡子一样往上翘，搞得她不笑也像在笑，让人亲近。

这两个女人，一个是我母亲，一个是我婆婆。

当有一天她们亲亲密密坐在一起，才发现岁月分别给予了她们什么：我婆婆是一张笑脸，我母亲是一张哭脸。母亲的一生虽然风平浪静，但是总不满意、不快乐，一张脸苍老疲惫，皱纹纵横交错，仿佛哭过似的；婆婆的一生跌宕起伏，但因凡事都乐观，宽大的心胸让她越老越添风韵，成了一个魅力十足的漂亮老人——这个发现让我触目惊心。

从这两张脸上，我见识了什么是时间的刀光剑影，也明白了什么叫真正的"相由心生"。

生活就是这样一种东西：你用笑脸对它，它就还给你一张恒久温暖的笑脸；你用哭脸对它，它就会把这副哭脸毫不客气地贴回到你脸上。对一个女人而言，把美丽留在脸上是一项艰巨的工程。多少人热中于护肤和美容，却忽略了心灵的力量。

　　所以，就算再艰难，为了自己的美丽人生，还是要一边痛着，一边笑着，还给生活一张漂亮的脸。

黛玉错了
多少美

　　林黛玉和薛宝钗的诗都做得极好，但两人气质却不一样。黛玉是诗人，宝钗是哲人。

　　所谓诗人，一身瘦骨，倦倚西风，吐半口血，在侍儿搀扶下看秋海棠；一旦爱上什么，又得不到，就连命也不肯要。所谓哲人，沉默安详，花来了赏之，月出了对之，无花无月的时候珍重芳姿，即使白昼也深掩重门。不如意事虽然也多，多半一笑置之。

　　两者比较起来，黛玉就显得不幸，写出的诗也让人肝肠寸断。当然，也并非诗人都如此。

　　苏东坡平生遭际着实不幸，有感则发，不平就鸣，最终孑然一身，无论政敌执政还是同党专权都容他不得。但是，读苏东坡的诗，却没有黛玉"不语婷婷日又昏"的凄恻哀怨，而充满"大江东去，浪淘尽千古风流人物"的豪迈，以及"一蓑烟雨任平生"的豁达。

"惟江上之清风，与山间之明月，耳得之而为声，目遇之而成色，取之无禁，用之不竭，是造物者之无尽藏也。"这种生活态度何等旷达！这固然和苏东坡粗犷的男性气质有关，但更在于他亦哲亦诗的两栖生活，或者二者中和的精神境界。他的哲学成为斗篷，成为拐杖，或者一眼清泉、一簇火苗，支撑他度过黑夜和风雨，甚至能在凄苦中找到一些乐子。比如"日啖荔枝三百颗"的闲适，比如用"富者不肯吃，贫者不解煮"的猪肉做成东坡肉的得意，再比如，在其热无比的天气赶回家去，但山路弯弯总也走不完，他苦恼一秒旋即开解：其身如寄，哪里不是家不能随处坐卧休息呢？这样一想，赶路的心就淡了，索性欣赏起道旁的山景。

诗人敏感多思的触角，哲人随流任运的胸怀，二者完美结合，让他的一生过得坎坷而热闹，丰富而美好。

说到底，哲人的心态就在一个不"执著"，善于转换角度看待问题。

大多数"执著"诗意的人，对于世上的美丽，未见之先，先有"好花不常开，好景不常在"的喟叹，见到之后，又为无法永久持有而心生悲戚。黛玉的痛苦，就来自这种"执著"之心。虽然她懂诗懂佛，却最是看不透、解不开。宝钗也懂诗，却把诗诙谐地比作"原从胡说来"，也懂佛，却把宝玉的偈子三把两把扯碎烧了。她同样际遇堪怜，但却始终处之泰然，淡然微笑，保持哲人的得体态度。

生活中多么需要这种豁达。

记得以前上班要穿过一段两旁是菜地的土路，五分钟就能走完，但我乐在其中，提前一刻钟出门，一步一步慢慢摇，看天看地，看树看云，看两旁的菜地和沟渠里的清清流水。春天来了，小草稚拙娇憨地拱出地面，而农人一边间苗一边大声谈笑……

前不久因为工作变动，我被迫改变了自己的上班路线。熟悉的一切都不复存在，取而代之的是拥挤的车流人群和灰蒙蒙的冰凉楼房，让我莫名地烦躁。突然有一天，雾重霜浓，为杨柳披挂上一层银霜，路旁的衰草，也变成写意画里的金枝银条，美得我倒抽一口气：以前为什么没有发现呢？这些树多美呀，像流云，像彩灯，像流苏连着玉坠。有一处叫作崔氏双节祠的老房子，灰墙黑瓦，院里一株树繁茂如同华盖，湿气氤氲，温婉寂寞地度过多年光阴，仍旧生气勃勃。

之前我就是太执著于心中之景，把时间浪费在怀念和凭吊上，才会忽视眼前风光！想来，还是东坡说得妙："凡物皆有可观，苟有可观，皆有可乐，非必怪奇伟丽者也。"

东坡既然懂得两栖生活，亦诗亦哲，当然深味幸福滋味。在他的眼里，"人生到处何所似，应似飞鸿踏雪泥。泥上偶然留指爪，鸿飞哪复计东西。"诗人的灵性让他君临万物，每处皆可娱目怡情，哲人的胸怀又让他没有贪念，任万物之美旋生旋灭，方死方生，笑看世事无常……

一辆花与
一朵车

一朵花，漂亮。

一辆车，精密。

那一朵花就不精密吗？它的每一片花瓣、每一叶花萼，花瓣上的条条纹络、花蕊上裹着的粉球，不精密吗？雪花，六角的、均匀的、细致的，比用最精密的仪器制造出来的仿真雪花都要精密得多，那是一种完美的精密的美。

那一辆车，就不漂亮吗？广告上的车，它向你展现流线型的车身，展示强大的穿山越涧的功能，它没有向你展示它的发动机、它的线路结构、它的油路系统，它就是要用"漂亮"这个词来打动你的心。是的，它很漂亮。越野车轰鸣着穿越泥浆向前开动，小汽车风一样在道路之上穿行。摩托车，几十年前，它是美国最平常的交通工具。对不懂它的人来说，它就是一堆零件组成的一个铁块；对于懂它的人来说，它是美的、漂亮的，如果用一"朵"车来形容它，也没有什么不对啊。

那么，对于精密的、严谨的花来说，用"一辆"形容，也没有什么不对。

一朵车，一辆花。

美国一位修辞学教授，罗伯特·M·波西格，20 世纪 70 年代，就是骑着他的一朵摩托车，行进万里，横贯美国大陆。

一路上，他反复地在想，摩托车的设计如此科学，每一个零件都是那么精密，每一个构造都不能差之毫厘，它是一个生机勃勃的有机体，精密而可爱，既是科学，又是艺术。

那么，要是再扩大思路呢？

不光摩托车，汽车是不是艺术？摩天大楼是不是艺术？一张沙发是不是艺术？整个社会就像一部巨大的运转着的机器，它也是艺术啊，像齿轮一样彼此咬合、共同运转的、精密的艺术。

世界上有一种人，对于一切机械的、钢铁的、混凝土的造物都不喜欢，对于科技所代表的精密而枯燥的事物以及思维望而生畏。

就像和罗伯特·M·波西格一同骑摩托车旅行的朋友，他不保养自己的摩托车，不替它准备备用零件，一旦指针或者火花塞出了问题，就只能寄希望于摩托车修理铺，否则就一筹莫展。他家里的水龙头长年滴水，嘀嗒、滴嗒、滴滴嗒嗒，但是他会假装自己听不见。

这样的人，一边享用科技，一边又想尽办法从科技中逃离，逃到乡下去，逃到农田里去，逃到月光和星辰下面，逃进无边无际的花海。

所以他们适合做隐士。

可是，假如这样的人偏偏是工程师、设计师、汽车制造师、摩托车修理师，就只能是一出彻头彻尾的"杯具"。因为他们的工作要求高度精密，他们的意识却执意疏离——就像罗伯特不幸碰上的摩托车修理师。

他修理罗伯特的摩托车，挺杆有杂音，要调整，就拿了一把扳手过来，然后一边听着音乐一边轻轻松松地敲敲打打，弄坏了挺杆的铝制的盖子。为了要换一个挺杆的盖子，又拿榔头和錾子把它们敲松，结果錾子又把铝盖凿穿了，錾子直接撞到了发动机头上。后来，他用他的榔头打錾子，没有打到錾子上，又把两片散热片给打破……

结果就是挺杆的杂音依旧，挺杆的盖子也坏了，时速二十英里左右的时候摩托车就会有强烈的震动，原来四个发动机接合螺钉中的两个不见了，还有一个螺母丢了，上盖凸轮的链条松紧控制器的螺钉也不见了，它们被修理师统统搞丢了，摩托车残疾了。

真是一场恶梦。这些所谓的科技人员哦，他们投身科技，心却游离于科技之外；他们运用科技，却对科技丝毫也不热爱，就像园丁种了一园子的鲜花，却只看见每朵花闪耀的利润的金辉。

还有一种人，既承认精密的存在，也承认美好的存在，而且还承认这二者完全可以结合起来，机器像花一样可爱，科技像艺术一样令人沉醉。罗伯特自己就是如此。所以他常是自备工具箱，自备摩托车零件，自己做维修，自己做保养，然后看着这辆旧摩托车，打心眼儿里感到热爱。

通常这样的人最容易热爱世界，因为他能从精密中看到美好，也能从美好中看到精密，而他是既热爱美好，又热爱精密，于是他就得到了双份的热爱。

其实，任何的科技的产物，都是先存在于人的心中的。哪一种钢铁机器、混凝土建筑、实木和板材家具——这些实实在在的物质世界的东西，不是精神的产物呢？它们必得先存在于人的心里，才能最终显现为它们物质的样貌。也就是说，它们是从一种写意画式的美丽的境界中浮现出来，而成其为精密的样子。

有艺术细胞的人说：一幅画，美呀；一朵花，美呀；一个沙发，美呀；这片叶子，美呀；一只蚂蚁，美呀；一座高楼，美呀；这个世界，美呀。

有科学精神的人说：一幅画，精密；一朵花，精密；一个沙发，精密；这片叶子，精密；一只蚂蚁，精密；一座高楼，精密；这个世界，精密。

不精密的画，不漂亮、不美好。你看似写意的乱涂乱抹，若是这一笔不这样涂，那一笔不那样抹，它也不漂亮、不美好，因为各自的笔意线条不在适当的位置。

不精密的花，不美好。你看似它在凌乱地、疯疯地开着，很闹似的，可是它却是就当这样开，如果不这样开，就不叫做花了，就不漂亮，不美好了。

一个沙发，你给它的布面或皮面开个洞？把它里面的框架结构撤根支撑条？这里凸来那里凹？你说这样美好不美好？

叶子不精密，肯定不舒展、不漂亮、不美好。

一只蚂蚁如果不精密的话，它就残疾啦。一座高楼不精密？那就不是瘸腿折脚的问题了，它会出人命的。一座危楼谁会说它漂亮、美好？

人这种东西，漂亮吧、美好吧，可是，它是精密的，如果不精密，就会出问题，也就会不漂亮、不美好。

这个世界，星云、天际、银河、山峦、奔腾的河流，美好吧？可是，它精密不精密？春生夏长，秋收冬藏，星云缓缓旋转，银河灿烂，都有一个内在的规律支撑着，说它不精密的，自己去面壁。

反过来说，也是一样的。不美好的画，肯定不精密，不似你随意乱涂几笔试试？不美好的花，也肯定不精密，不信你看看它的纹路花瓣花蕊，肯定没有长在它该长的地方。不美好的沙发也肯定不精密。不美好的叶子也不精密。不美好的蚂蚁也不精密。不美好的人也不精密——不是身体上不精密，而是精神上、意识上不精密，出了纰漏，出了问题。不美好的世界，肯定也不够精密，不是这里就是那里出了问题，有些什么东西逸出了精密布局之外。

精密的机械和物质自有它的美好，精密运转着的物质世界也自有它的美好所在。清风明月也是精密的物质世界里吹过来的风，照进来的月，天籁蛙鸣也是精密的物质世界响起来的动听音乐。

所以，"朵"和"辆"之间，没有隔着楚河汉界。走在街上，可以说，一辆树、一辆草、一辆白云、一辆花朵、一辆世界，也可以说，一朵汽车、一朵摩托车、一朵楼宇、一朵花盆、一朵暖气片、一朵世界……

那么，还是去欣赏这个精密的世界吧，即使是喧嚣的物质世界，它也是美。你爱它，它就更美，因为你会把它不精密的地方，打磨得油亮、光滑，雕刻出精密而漂亮的花。

这位教授根据一路上所行所见所思所想，写了一本书，叫《万里任禅游》。其实禅的中心思想无非一个即心即佛。你爱过哪种生活就过哪种生活，只要是你的本心愿意去过的。所以，你喜欢过那种以"辆"为单位的生活，就去过那种"辆"的生活，你喜欢去过那种以"朵"为单位的生活，那就去过那种"朵"的生活，都没错。

都美好，都精密，都值得。

一"辆"一世界。

一"朵"一生活。

种一枝形而上学
的桃花

在开会。光洁的会议桌面上放着茶杯，杯身画着缠枝莲。
倒影俨然。

一时恍惚，觉得倒影的世界才是真的世界，而那真的杯
子反而成了幻影。

这么一想，整个世界都被我颠倒过来。

为什么要说物质决定意识呢？为什么不能说意识决定
物质？

好比这杯子，必得先有有关这杯子的想象、想法、计划，
方能有这个杯子的真而实之地出现。

而这杯子，最初的无限种有关于它的可能性都涵容在里
面，磁杯、玻璃杯、不锈刚杯、电热杯，红杯、绿杯、蓝杯、
紫杯、白色的杯，杯身画紫藤，画小桥流水，画猫儿叫狗儿吠……

然后在这么多的可能存在的杯子里面，选取了这样一只画着缠枝莲努红嘴儿的纸杯，只有这一只纸杯成为现实，那么多"可能"的杯子在那产生这一只杯子的意识的洪流里面,随波游荡,莫知所踪……

人呢？是不是也是这样？我们对于自己的想象，也许是当总统，也许是挖土豆，也许是当木匠，也许是做大师，也许是搞音乐，也许是玩雕塑，也许是写文章，也许是做编辑，而最终坐在这里的,是这无数种可能的"我"中之成为现实的一位：盯着茶杯，神游天外……

有趣啊有趣。

假如物质与意识之间有条线，线上为物质，线下为意识，我盯着的杯是那线上的杯，我是那线上的人，而线上的杯是由线下的杯的倒影投射而成，反而成了倒影的"杯子"之倒影，线上的我是那线下的我的倒影投射而成,我也成了倒影的"我"之倒影。

整个现实世界，就都成了倒影的倒影。

那么，不是由整个现实升腾起意识，而是好比寒冰上浇热水，我们的意识成就了整个现实世界。意识如海，现实是海中升起的岛屿，林阴木翠，海鸟翻飞。

我们是自己的神仙教母啊。

童话《灰姑娘》里，灰姑娘想要参加华丽的舞会，神仙教母便替她把南瓜变成漂亮的马车，把老鼠变成车夫和马，把她的敝衣变华服，旧鞋变金鞋。于是她见到王子，最终幸福快乐地生活在一起。

我们都是灰姑娘，那个神仙教母是自己，现实世界不是铜墙铁壁，只要肯拿出勇气，再曲折离奇的梦也能变成现实。当初人无翅却做梦能飞，不是最终造出飞机？小孩子聪明，能够轻易穿越现实的铜墙铁壁，骑竹为马，挥木为刀，上阵杀敌，或是以南瓜为车，以老鼠为马，出发去寻找自己的王子。

还有一个童话故事，主角是红蓼，就是狗尾巴花。她听说有一种花叫牡丹，又富贵又漂亮。她说我也要当牡丹。当牡丹要修炼，还要经受天上炸雷的试炼，挺得过变牡丹，挺不过变焦炭。

别的红蓼笑话它，羊、马、驴、兔子也都跑来看它，都觉得它疯了。

你猜，结局怎样？

红蓼果然没有修成牡丹，因为它的根是红蓼的根，但是，它却修成了仙，和牡丹仙子携手上天庭，而当年那些和自己一起的红蓼们，代代更迭，已经没了影踪……

我们就好比那不敢修仙的红蓼们，亲自把意识深处的神仙教母踢飞。

现在，当觉得无趣无奈与无力，不妨玩一玩思维的游戏，把世界看成水中倒影的倒影，化身神仙教母，点化现实的南瓜，种一枝形而上的桃花，戳破铜墙铁壁的生涯。

小心跳进『妄自菲薄』的陷阱

　　和朋友聊天，说到人的生存意义和价值，她叹口气："唉，我就什么也不是，渺小得像一粒灰尘……"其实朋友已经做得很不错，事业有成，但是她说这话又是发自真心，丝毫也不矫情。显然，她对自己认识不清，犯了妄自菲薄的毛病。

　　中国有两个成语，一个是"妄自尊大"，一个是"妄自菲薄"。妄自尊大往往招人厌，因为太嚣张，掂不清自己的斤两。

　　杜甫的祖父杜审言，主攻律诗，尤工五律，少时和李峤、崔融、苏味道合称"文章四友"，晚年和沈佺期、宋之问相唱和。这个人就很狂，狂到以为普天之下无人能出其右。临死，别的诗人来看他，他叹口气说："我压了诸公一辈子，我死之后，你们可以扬眉吐气了。"事实上，他谁也没有压制住，充其量只是洋洋大观的文人天空里的一颗小星星。倒是他的孙子杜甫，光耀千古，诗压百代。杜审言的毛病就在过于妄自尊大，所以被人笑话。

可是妄自菲薄同样也是掂不清自己的斤两。

前几天去开家长会，我的女儿正读高一，班里面家长和孩子们济济一堂。女儿的班主任十分干练、敬业，且是我的老同事，把孩子交给她，自然是十分的放心。班主任老师非常详尽地向家长介绍了学校、班级、各位同学的情况，事无巨细，周到尽心。最后，还用PPT给家长和学生们放了几段格言，勉励孩子们多读书，珍惜光阴。别的格言都很好，有一条，让人心里有些异样："虽然我们对于世界很渺小，但是，我却是父母最大的骄傲。"

显然，撰写这句格言的人，就是犯了妄自菲薄的毛病。

不记得从哪里看到一句话："任何一个人的死亡，都是整个世界的死亡。"的确。每个人生活在这个世界上，都有自己独有的面貌、个性、脾气、性格、情感、思想，有自己独有的亲人，有用自己的眼睛看出去的独特的世界，当他闭上眼睛，整个世界就随着他一起沉入黑暗。而即使是一个所谓的微不足道的人的死亡，也会给他的朋友、父母、亲人、爱人、友人，带来无尽的孤独和伤痛。

本地报纸上登载过这样一则新闻：一个无家的流浪汉，没有朋友，没有亲人，每天把自己要来的一点饭，分出一半给流浪的猫狗。当他被一辆疾驶而过的汽车撞飞，停止呼吸，被人抬走之后，那些毛色凌乱肮脏的猫猫狗狗，还长久地在他出事的地方徘徊、哀鸣……所以，没有谁真的是微尘。

诸葛亮在《前出师表》里，率军出征，临出发前，对蜀汉后主刘禅谆谆告诫，并没有告诫他不要妄自尊大，而是告诉他："不宜妄自菲薄，引喻失义，以塞忠谏之路也。"他在告诉刘禅，不要觉得自己所做的一切事都无足轻重，因而就胡作乱为，你一身牵系整个蜀国的安危。

而对我们每个人来说，也同样如此，不要觉得自己所做的一切事都无足轻重，或者自己这个人本就无足轻重，于是就无为或者胡为。你一身不但牵系着你一个人的安危，还牵系着一个家庭的安危、一个集体的安危、一个国家的安危、整个世界的安危……

那么，这句格言的内在含义引发的副作用就很明显了：它会引人自觉渺小，从而或者觉得自己既然渺小，那就干什么都没用，就不如什么也不用干；或者觉得自己既然渺小，那就干什么也对这个世界产生不了危害，于是就胡作乱为。无论哪一种情况，都十分有害。别说是对孩子们，即使是对生活阅历丰厚的成年人，它也无异于一枚尖针，对着鼓起勇气要对生活的高峰发起冲锋的勇士们来一针，"噗"的一声，戳破我们幻想的气球，也漏光我们的勇气和激情，让我们重新皱皱巴巴，缩成一团，像无用的破毡——我的朋友少年时未必没有进入"妄自菲薄"的思想误区，成年后，也未必不是受着这种"妄自菲薄"的祸水浸淫。

　　人生最高境界不是你挣多少身家，取得的成就又有多大，而是你是否活得舒展大方，自信发光。所以，面对这种看似很有道理，实则"包藏祸心"的言论，一定要睁大眼睛。我们做人固然不宜尊大成狂，可是也千万不要跳进"妄自菲薄"的陷阱，当那种外披谦虚外衣，内裹菲薄内核的可怜虫。

先搬山，后摘花

大约二十年前，我在一所乡下中学教书。

有两个学生给我留下的印象很深刻。

一个男生。黑瘦的瓦刀脸，小平头，不爱说话，看起来笨笨的。别的男孩子都像一团风，被生命力鼓荡得一会儿呼啸到这儿，一会儿呼啸到那儿，就他，走在路上，蚂蚁都不会踩死一只。不是说慢，而是说走路都能细致出花儿来。一根柳树枝儿挡在他的眼前，换别人早一把掀得远远的，他不，轻轻拈起来，放到身后，一片柳叶、一茎柳毛都不会伤到——我初见这副景象，都看呆了，当即决定把副班长的位置交给他坐。一个班的副班长，往大了说，其实就是一个国家总理的角色，事无巨细，都要求两个字：妥帖。这孩子别的本事我不敢说，这点绝对错不了。

事实证明，他也确实干得有声有色，因为他永远都是把工作战战兢兢地捧在手心里的，就像捧着枚脆薄的鸟蛋似的，生怕用劲儿大了，磕了，用劲儿错了，摔了。

一个女生。长圆的一张白面，细长的丹凤眼，长得很漂亮。人缘也好，好像一块温暖的鸡蛋饼，谁见了都觉得是好的、香的、可口的。所以她总是很忙碌，今天和这几个人一起做作业，明天和那几个人一起跳皮筋，甚至还有为她"争风吃醋"的。

她平时没见多用功，课业居然也不错，这就是天资的原因了。就有一点，干什么事都吊儿郎当的，总能找到一百条借口往后拖。

有一次，我给两个人同时布置任务：每个人给我交两篇作文，一篇写人的，一篇写景的。我要拿去代表学校参加省级学生作文竞赛。结果男生的作文很准时地交上来，用那种白报本，在页面上按五分之三和五分之二的分界画了一道竖线，左边是他的作文，右边是空白，随时备我批注。很干净，很漂亮。

而最后时限都过去两天了，女生才把作文交到我手上，是那种潦潦草草的急就章，上顶天下立地，跟下斜雨似的，别说我批改了，遍纸泥泞，连下脚的地方都没有。我的脸黑了：这几天干嘛了？她就红了脸笑：她们找我玩……我无力地挥挥手，打发她走。人生一世，长长的几十年，人际关系像既长且乱的海藻，准有把你拖缠得拔不出腿、脱不开身的一天，你的生命中，有多少天够这么挥霍的？

十五年后。今天。

一群学生来看我，那个男生也来了，他已经是一所市重点学校年轻有为的副校长，沉稳细致的作风一直没变，只是风度俨然，男人味像好檀香，被岁月一丝一缕都蒸出来了。女生没来，她本是一所名不见经传的普通学校的普通老师，而且刚刚被"踢"到一所更边远的学校去，正忙着搬家呢。我问："以她的灵性，教学成绩不会差呀，怎至于到这地步呢？"同学们说："哪儿呀。她整天晃晃悠悠的，也不正儿八经地干工作，连着三年学生成绩都是年纪倒数第一的。"

我没话说了。

"晃晃悠悠"，真精确。

通常，我们都不大看得起那种生活态度过于郑重其事的人，觉得他们笨，捧枚蛋像捧座山，透着一股子憨蠢；最羡慕那种做人做事潇潇洒洒的，好比白衣胜雪的浪子游侠笑傲江湖，浪漫、诗意。可是，所谓的潇潇洒洒，放在现实生活中，可不就是"晃晃悠悠"，凡事都不放在心上，凡事都觉得稳握胜券，就是一座山，也可以用一根小尾指轻轻勾起，抡出八丈远……

哪有那么便宜的事。

人的力气是随练随长的，假如一直举轻若重，到最后说不定真能举起一座昆仑；若是一直举重若轻，到最后，恐怕举一根鹅毛都得使出吃奶的力气。这既是不同人的两种不同态度，前一种人赢定了，后一种人必死无疑；又是同一个人的两个阶段：只有第一个阶段举轻若重，才轮得到第二个阶段谈笑间对手帆坠橹折；若是这两个阶段倒过来，"晃晃悠悠"、举重若轻的坏习惯则如泥草木屑，越积越厚，变成石头，砸肿自己的脚面。

生命促迫，不可回头，举重若轻者，搬山如摘花；举轻若重者，摘花如搬山。年轻的朋友，无论课业还是做事，都请千万要存一颗郑重的心，先学会用搬山的手势，摘取眼前的花朵。

我没有草原，但我有过一匹马

这是一个作家的文章题目。文章内容没读过，我只见过这个人。

一个盲人。

河北省第一届散文大赛，他获得了一等奖，就是凭的这篇文章。一个七尺高的汉子，被搀扶着，摸摸索索上台发言，大家都看得见，就他看不见。患疾失明时，他大学毕业还不到一年，如今看样貌已经四十岁。本来觉得自己三十岁失声够惨，和他一比，我觉得可以跳一段新疆舞表达被命运眷顾的幸运。

他在台上讲挣脱与突围，讲命运与苦难。这个我明白，每个人的生命都有禁制：疾患是禁制，病苦是禁制，工作是禁制，家庭是禁制，连爱情都是禁制。史铁生对一群盲童说，残疾无非是一种局限。"你们想看而不能看。我呢，想走却不能走。

那么健全人呢，他们想飞但不能飞。"

一个朋友如今正处于要命的两难阶段：想换工作，又舍不得现有的待遇；不换工作，又忍受不了缓慢、沉闷的气氛。他很憔悴，他急需突围。

每个人都急需突围。

读一篇小说，一个年轻人自幼失明，隐居山谷，一日突逢变故，被迫出山，以一个目盲之人的尴尬，面对种种大千世界。他的师父亡故之前，对他反复叮嘱，说你不要出山，一定不要出山，山外的世界太纷乱。可是他毕竟出了山，见识了情天恨海，见识了肝胆相照，见识了国仇家恨，到最后，竟然又由于偶然机缘，见识了大千世界——他复明了。原来天是这样的，地是这样的，花、草、树、鸟、沙是这样的，爱人，原来你是这样的。

那一刻，他的心里鼓涨的，是对生命的满满的爱，与感恩。

而那一刻后，他却被告知，他的目疾原本不过小事一桩，他的师父不知出于什么原因不肯替他根治。他先是怔住，后来明白，师父想让他目盲隐居，躲开世间一切。就像黛玉自幼多病，和尚化她出家，父母自然不肯，和尚便叮嘱不可让她见外人，不可听见哭声，方可平安了此一生。可她毕竟仍是见了宝玉，仍是一生悲啼，于是青春夭逝，花落萎地。

可是，若是让她选，她选哪一个？

若是让你选，你又怎么选？

小说里这个青年，即面临同样的选择：是选择复明，然后游走世间，百愁千恨俱尝遍，还是仍旧保持失明，回到山谷，过平平淡淡的一天天？如果他选复明，还得要经过万针攒身的疼痛试炼。可是他却仍旧选择把身上扎满针，像个刺猬，在疼痛苦楚中，迎接太阳喷薄而出的黎明。

你看，挣脱的不是禁制，是命运；突围的不是命运，是自身。

而这篇文章的作者，却是连这样的选择也不能有。他被妻子扶着，走在参观酒厂的路上。别人看得见的路，他看不见；别人看得见的水，他看不见；别人看得见的菜色丰盛，他看不见；别人看得见的笔走游龙，他看不见；别人看得见的酒罐、酒缸、酒坛、酒瓮，他看不见……

可是他却说：在我的生命中，我发现了我的真理，这个真理只有一个字：爱。周围许许多多的人，眼目明亮，人声喧嚷，歌笑鼎沸，透过面皮可以看得见许多叫嚣的欲念，却独独于这个失去光影世界的人那里，我听到了这个字，纯净如水晶。

爱世界，爱他人，爱自己，爱命运。他凭借目盲，竟然超越心灵的最大局限。

那么，假如说，局限是自己给自己设置的呢？

假如你这样想：也许你的身体赞同完整，赞同健全，你的心智赞同完美，但是，你的心灵却渴望能够在一种不完整、不健全、不完美的境地中体验一下自己究竟会有多强大，能够走多远，于是，你的灵魂导演了这样一出出的好戏，囚禁你的身体，试炼你的心智，从而逼迫你的潜能，引导你走向最后的真理——我们不是命运的被动承受者，而是命运的创造者。我们创造了不完美，来证明我们的完美。假如这样想，你会不会好受些？

那么，每个面对苦难，陷身局限的人，都是勇敢的人，都有狮子的勇气。即使没有草原，也有自己的马，鞍辔加身，长声嘶鸣，骑上它，闯天涯，天涯尽头开满花，每个花心里都端坐着一尊佛。

这位作家说他请过许多的书法家，为他写过相同内容的八个字：目中无人，心中有佛。佛是什么？佛，就是世间最大、最明亮、最包容、最无私无欲、无怨无悔的爱啊。

桂花的芬芳

　　她笑容开朗，心态阳光，看着她，没有人知道她是一个患有绝症的病人。她的病很特殊，学名叫做"三好氏远端肌肉无力症"。我先是从王朔的小说里知道有这种病的，男主角得了这种病，刚开始只是一两束肌肉群不听指挥，后来会衍进到全身所有肌肉群都不听指挥，意识清醒，全身瘫痪，连眨下眼皮都不可能，就那样迎接死亡。

　　真惨。

　　更惨的是，全球病例只有 40 人，她是其中一位。她姐姐是一位，弟弟是一位。一门三绝症。

　　小时候，她动不动就跌倒，别的孩子一下子就能爬起来，她却只能把全身重量都压在手臂和膝盖上，爬到路边或墙边，然后慢慢想办法让自己沿着高处立起来，痛啊。

19 岁那年，她、姐姐和弟弟同时发病，医生叮嘱三姐弟"赶紧做自己想做的事"，分明是下了绝症死亡判决书。姐姐崩溃大哭，想去死，她却想着怎么才能够有尊严地活下来。她说服姐姐："你连死都不怕了，为什么还会害怕活着？"既然妈妈带着姐弟仨奔波求医是无效的，她又跟妈妈说："人生有比看医生更重要的事情。"于是妈妈也被她说服了。

然后，她开始鼓起勇气，走上社会。别人坐出租汽车的时候，一迈步就能上车，她却得扭身把屁股坐到椅子上，然后用手一只一只搬起自己的脚放进车内。有一天，她遇到一个司机，看她的别扭模样，得知她是先天恶症，就告诉她，自己的太太得了肾脏萎缩，住了很久的医院，最近恐怕快不行了。而他的儿子智商不足，不能放出去乱跑，只好关在家里。小孩子不听话，他就打，打得小孩子一直哭，哭累了，就睡着了，这样他才能出门赚钱养家……

她真切地感受到，这个世界上，不幸的人真多。下车的时候，她把所有的钱都掏出来，跟司机说带太太出去走走，吃顿好的，我请客。然后，再打开车门，把脚一只一只往下挪。而司机司机双手紧握方向盘，低着头，浑身颤抖，眼泪打在方向盘上。

后来她才想明白，其实，司机是看到她的不幸，所以自揭疮疤，用自己比她还不幸这个事实，来笨笨地安慰她。这个世界上，善良的人比不幸的人更多。

她想，帮助弱势群体中的更弱势者，也许就是我一生的使命吧，用她自己的话来说，就是："我期盼所有老弱病残，都能不再活在恐惧与无助中。"人生有了目标，心中有了愿望，她鼓足勇气，勇往直前。她说："我们的生命不够长，不能浪费时间在愤怒、吵架、报复这种事情上面。"

现在的她不但是台湾人间卫视的新闻主播，也是弱势病患权益促进会的秘书长、罕见疾病基金会和台湾生命教育学会的代言人。2007 年，她与一位台大教授结婚；2011 年，她接受国民党征召参选，希望能提供切身经验，"以'立法'方式，为老弱病残打造可长可久的安身立命制度"。

她叫杨玉欣。照片上的她，眼神明亮，笑容灿烂，生命如桂花绽放。

读一本书，叫《2012，心灵重生》，书中提到桂花的开放方式："如果希望桂花在某段时间开花，非但不能多浇水，还得特别少浇一些，原来，当水分不够的时候，桂花树会有危机意识，怕自己还没开花就死了，就会赶紧尽力地开花！"

其实这个世界上，人人都是桂花树，只是有的桂花树享受的水肥过于充足，疯枝狂长，平时总是说忙呀忙呀，到最后大限临头，却发现以前那些让自己忙的事，全都是无谓的，可是也晚了：活了很久却一朵花也没有开出来。而有的人生命短如流星，却光芒耀亮天际——他们也是一棵棵神奇的桂花树，命运不赐给他们足够的水肥，他们却凭着厄运，促使自己开出鲜花，香遍天涯。

翔

有一个人的经历很"杯具"。他和朋友通电话，外面下大雨，天降神雷，把他劈焦了。

这道闪电至少高达 18 万伏，电流烙得他浑身黑色纹路妖娆，整个心脏麻痹了三分之一，连专家都说这人肯定没救了。

结果他居然活了。

当他稍微能动，就开始了艰苦卓绝的复健工作。

他哥哥给他带来一本《解剖学》，又用衣架替他做了一个滑稽的头套，把铅笔插在上面，让他能利用铅笔上的橡皮擦来翻书。他对比着书上的图，从手上的一束肌肉看起，集中注意力，和它说话，诅咒它，并试着移动它，哪怕只能移动八分之一英寸，他都非常高兴。

几天后，深夜，他决定下床，身体落地时发出了砰然一声。

然后他像毛虫一样蠕动身子，肚皮慢慢转动前进，抓住床边的铁条、被单、床垫，好几次都跌回冰冷的地板，天亮之前，终于又爬回床上，就像攀登山峰一般，快乐和疲倦。

除了他自己，没有人相信他可以渡过难关。他竭力呼吸的模样让人觉得他不过是奄奄一息捱日子。有一回，邻居探病，他的模样刺激得人家差点吐他身上。医生说："让他回家过他最后的日子吧！他在家会比较舒服些。"

雷击让他的大脑也受了损伤。有一天，他发现自己坐在餐桌旁与一位女士说话，问："你是谁？"对方一脸震惊："我是你妈妈！"

两个月过去了，除夕夜时，他决心自己走进餐厅。从残障者的停车地点起，他用两根拐杖撑着，缓缓的向前移动，他之称为"蟹行"，因为看起来像是半死不活的螃蟹拖着大钳子，越过干涸的陆地。二十几分钟后，他终于进入餐厅，累得气喘咻咻，喘气像条狗。傍行的妻子叫了两碗馄饨汤，结果汤放在面前，他头晕目眩，一头扎进汤里面。

医院的账单越积越多，他卖掉车子、股份、房子。他破产了。

他就这样债务压身，满身残疾，出门带一副焊将用的护目镜，身体歪歪扭扭，看起来像个大问号，穿一件过膝的军用雨衣，撑两把拐杖，咔啦啦地前行。有人说他："那家伙看起来像是正在祈祷的蟑螂！"

有人问他，为什么不自杀。他说，我为什么要自杀？

三年后，照咱们的眼光看，他几乎还不成人形，但就他自己的标准而言——他的身体状况蛮符合奥林匹克选手要求的。

他决定重新开始工作。

第一个工作是销售稳压器，防止电压不稳时对家电的破坏。他可是这种产品的最佳推销员。一个接受了过量电压的人类躯体会有什么下场？自己就是一个活生生的例子！第二个工作是在全世界的官方建筑物里销售和安装反窃听装置。第三个工作是生产一种电子装置，来防止海藻，或甲壳虫生物附着缠结于船壳上。

他还到安宁院当义工。有一次，一个老婆婆因为长时间卧病在床，身体僵硬地几乎不能翻动。他把她像小孩子一样的抱起来，让护士帮她换床单；他抱着她在大楼内闲逛。在他离开的时候，她郑重地道谢，哭了。

可是，他再次面临死亡的威胁。他以为自己得了感冒，进医院就诊的时候，医生却马上抓住他，把他送进加护病房，否则他会在四十五分钟内死掉。亲人和朋友来了，像看着一个恐怖的外星人，他的全身一直到指甲都因缺氧憋成灰蓝色，他正艰难地一呼一吸着。

要做手术了，麻醉后眼前一片黑暗，但是他听得到人声："我跟你打赌十块钱，他过不了这一关。"

"成交。"

当醒来时，他发现自己喉咙插着管子，手臂插着针，头上像压着铅块，胸膛像坐着一只大象。几天后他就复原到可以自己下床洗澡。再几天后，他就可以偷偷溜到医院的自助餐厅吃一顿丰盛的食物。几个星期后他出了院，虽然一疲惫就昏倒。

有段时间他很想死，因为实在是太痛苦了。可是他却一直活下来。这个人叫做丹尼·白克雷（Dannion Brinkley）。我在网络视频中见到这个人，长脸、络腮胡、声音有些尖细——估计电流让他声带受损，却丝毫也看不出来这个人是个被神雷亲吻的残疾人。

他让我想起君王蝶。

君王蝶，黑黄相间的翅纹，看上去的确有似帝王般的沉稳。它的翅膀轻盈舞动，像流动的彤云。当晚云镶着金边，就有这样的壮观。

它们在飞，在迁徙。德克萨斯州的格雷普韦恩市是君王蝶迁徙的必经之路，上百万只君王蝶途经这里，跋涉 3200 公里，飞往墨西哥过冬。

它们是蝶，不是鹰。

可是它们中任何一只都不会去想：我是蝶，不是鹰。我会不会失败？我失败了怎么办？我这样做值不值？

还有，每当秋风吹起、落叶初飞，在加拿大刚度完夏天的刺歌雀就成群结队飞往阿根廷，义无反顾，穿山越岭；还有一种极燕鸥，在北极营巢，却要到南极越冬；还有一种鳗鱼从内河游入波罗的海，横过北海和大西洋，到百慕大和巴哈马群岛附近产卵；还有，生活在巴西沿海的绿色海龟，每年三月成群结队地游向大西洋中的阿森甸岛产卵；还有，生活在太平洋、大西洋沿海的大马哈鱼，逆水游泳，突破险阻，一直游到远离海洋的江河上游的出生地；还有，精子。

生命的所有元素都是乐观的。

壮丽的乐观。

乐观是因为有信心，自己是受到恩待和眷顾的一群。

君王蝶不会觉得自己傻，大马哈鱼即使被狗熊衔在嘴里，也不认可自己的失败。老不可怕，病不可怕，灾难不可怕，没有那种壮丽的乐观才可怕。

太阳会照耀而雨会下，动物显然不担心明天的天气状况，会忧虑的只有人类。我们殚精竭虑，追求健康之道，却在追求的过程中越来越因为忧虑健康而变得衰老。

飘风骤雨亦有，海啸山崩亦有，可是，和风细雨远较飘风骤雨为多，海里的鱼虾、山里的森林亦多过它们引发的灾难，永远是有利的事件多过负面的事件，否则我们的世界早就消失在灾难的苦痛挣扎中。所以，当你经受灾难，远没必要去沉思那臆想中的"可悲"的未来。自然和生命的每一处都充满了许诺——不仅是存活的许诺，还有美丽与成就的许诺。

每朵在春天的新玫瑰，事实上都是一朵新玫瑰，彻底的是它自己，无瑕地活在世界里。

每一个在每一个清晨和黎明醒来的人，事实上都是一个新的人，彻彻底底的是一个新的自己，无瑕地在活在世界里。

一本书中这样写："来到地球需要相当的勇气。因为你们愿意来到宇宙中这狭小的空间做实验。在地球的每一个人都应自尊自傲。"

那么，就带着自己的自尊自傲，以壮丽的乐观，像君王蝶一样，穿越生命，振翅而，翔。

视
死
如
欢

不是"视死如归"，是"视死如欢"。

元代才子赵孟頫，年近五十，慕恋年青女子，意图纳妾，其妻写了一首《我侬词》："你侬我侬，忒煞多情，情多处热似火。把一块泥，捻一个你，塑一个我。将咱们两个一齐打破，用水调和，再捏一个你，再塑一个我，我泥中有你，你泥中有我，与你生同一个衾，死同一个椁。"这样的情分在，这死，也便真的如欢了。

1935 年，瞿秋白到达刑场，盘膝坐在草坪上，对刽子手微笑点头："此地甚好！"时年 36 岁。一死酬了这一生志向，死也必定是欢的。就牛虻死后留下的一封信，信的末尾，引用一首小诗："不论我活着，或是我死掉，我都是一只快乐的飞虻！"面对庞大、杂乱的旧世界，化身火种，烧掉污秽，跳跃的火焰带来了死亡，也迎接着喷薄云天的朝阳，这样的死，有什么不欢的呢？

小说《亮剑》里，赵刚和冯楠一见钟情，冯楠问赵刚："一个青年学生投身革命二十年，出生入死，百战沙场。从此，世界上少了一个渊博的学者，多了一个杀戮无数的将军，请问，你在追求什么？为了什么？"

"我追求一种完善的、合理的、充满人性的社会制度，为了自由和尊严。"

"说得真好，尤其是提到人的自由与尊严，看来，你首先是赵刚，然后才是共产党员。那么请你再告诉我，如果有一天，自由和尊严受到伤害，受到挑战，而你又无力改变现状，那时你会面临着一种选择，你将选择什么呢？"

"反抗或死亡，有时，死亡也是一种反抗。"

是的，死亡为的是自由和尊严，为的是鲜明的反抗，这样的死亡，让人由衷地感觉如欢。因为死的有尊严。

德普禅师性情豪纵，宋哲宗元佑五年十一月十五日，让弟子对他举行生祭，因人死后再受祭，死去的人是否能够受到香火，吃到供果，谁能知晓。

众人戏问："禅师打算几时迁化？"

他答："等你们依序祭完，我就要去。"

于是大家煞有介事，设好帏帐，安好寝堂，禅师坐于其上，弟子们致祭如仪，上香、上食，禅师一一领受自如。

弟子们祭后，又是各方信徒祭。祭完之日，天正降雪，他说："明日雪霁便行。"

次晨雪止，德普焚香，盘坐化去。

他不是因为信徒能升天堂才不怕死，他并不知道死后有没有另一个世界，他的不怕死，是因为他已经活过，一生活得透彻、明白。就像赵朴初临终一偈："生固欣然，死亦无憾。"

"视死如归"，归，是游子归家，柴门草庐迎候疲惫的脚步，长出一口气：终于回来了啊。从今以后，就挣脱世间牵绊，独自抚孤松而盘桓吧。

"视死如欢"，欢，是眼见对面的爱人张开怀抱，展开笑颜，纵使脚下万水千山，荆途无限，却挞伐笞楚都喜欢，哪怕膝行过钉板，因经过长长的一生时间，如今终于得见爱人的欢颜。欢，是心下有所欢的欢，是"闻欢下扬州，相送楚山头"的欢，是一生相思概已酬的欢。

有那么一群人，就像叔本华说的那样，生活在一切如意的乌托邦，空中飞着烤熟的火鸡；不需寻觅就可找到情人，顺利地白头偕老；"在这种地方，有些人会无聊而死，或上吊自杀，有些人会互相残杀。如此一来，他们为自己制造的苦难，比在原来自然世界所受的还多……苦难的极端反面是无聊。"

无聊地生，无聊的死，生亦无趣，死亦无欢。

其实，死不过是生的一个折射吧。一个人，若活过却不曾爱过、想过、思过、念过、追求过、反抗过，为着心中那一点萤火，和邪恶、阴暗、腐败、贪馋、懒惰，冒死作战过，死便死了，欢，又在哪里呢？

　　而一个人活过、爱过、想过、思过、念过、追求过、反抗过、为着心中那一点萤火，和邪恶、阴暗、腐败、贪馋、懒惰，冒死作战过，最后，无论是输了，还是赢了，因为做了，所以心安，没有遗憾。也就视死如归了。

　　假如，一个人活过、爱过、想过、思过、念过、追求过、反抗过，为着心中那一点萤火，和邪恶、阴暗、腐败、贪馋、懒惰，冒死作战过，最后，无论是输了，还是赢了，心里都当自己是赢了，纵使事不谐也，也没有什么了，一生义务已尽，如今终得解脱，于是欢天喜地拥抱死亡去了，此，便为视死如欢了。

尘外佛如花

去洛阳，看牡丹。

来接车的司机在他的座椅旁斜插了一枝牡丹花，感觉很震撼，别处看不见。

然后去一家叫做克丽丝汀的大酒店，安置好，出房间，好奇地研究摆放走廊的一盆牡丹花，左看看右看看。一客人从旁经过，指点我："勿看啦，假的哦。"我伸手摸摸，叶片是软的，花瓣是绒的，试着掐一下，把一小片叶子掐下来了，我拈给他看，宣布自己的发现："哎，是真花。"

旁边保洁员经过，彬彬有礼地说："我们酒店摆放的全部都是真花，这是我们这里最普通、最常见的洛阳红。"我看着它，绿蓬蓬的叶，紫红红的花，百层千层的瓣，这样的花，原来，是最常见、最普通的吗？！

及至到了国花园，才发现是真的很普通啊。

偌大的，一眼望不到边的，红的花海、黄的花海、白的花海、橙的花海、绿的花海、蓝的花海、紫的花海。以前读话本，晓得牡丹里有魏紫、有姚黄，一心寻访，却是花深不知处，兜兜转转，扑鼻只闻牡丹香。叠瓣重楼的花居多，居然也有单瓣的，也敢把花瓣张得那么大。

爱那黄花，只是蕊处有黄，花片则远看有一抹晕黄，近看又若白缎，这样的黄含蓄，不嚣张。也爱那紫花，淡紫深紫的花片，娇黄如黄雏鸟喙一样的蕊。也爱那豆绿的花，花片淡绿，嫩蕊娇黄。

到此方知李白真国手，"一枝红艳露凝香"多贴切。"红艳"，最俗的一个词，却无它无以形容牡丹的国色天姿。牡丹花地潮湿，虽是阳光热烈，却仍旧叶片及花片上露珠凝聚，且远远行来，一阵扑鼻甜香，"红"也有了，"艳"也有了，"露"也有了，"香"也有了，真的是"凝"上去的。我若是唐明皇，也要为贵妃心醉，为牡丹心折，果然名花倾国两相欢啊。

唐代有王睿作《牡丹》诗："牡丹妖艳乱人心，一国如狂不惜金。曷若东园桃与李，果成无语自成阴。"他骂牡丹妖艳惑乱人心，招得举国如狂，其实牡丹只管漂亮自己的，又与世人何干，与人心何干。檐头旗动，既不是风动，也不是帆动，是你人心自动，又与牡丹何干。

丰子恺自言不喜花，在旧书里见到"紫薇"、"红杏"、"芍药"、"牡丹"等美丽的名称，亲见却往往失望，因无非"少见而名贵些，实在也没有甚么特别可爱的地方"。我一向亦是如此，总觉得真花倒不如臆想来的花活色生香，偏偏这次看见满坑满谷的大牡丹，这样的花，的确是怎样的形容都不够，怎样的描摹都不能尽然——真花竟然漂亮得像假花一样。

这话是这家酒店的老总说的，我原要想一个更恰当的比喻，却发现词穷。以前看人家裙幅上绣的、壁上画的、绢纸扎的牡丹花，只觉庸脂俗粉一般的艳，想着世上怎么会真的有这样的花呢，及至真见，才发现真有，万花如绣，倒不如说万绣如花。

终于来到姚黄与魏紫的所在，却是姚黄如此，魏紫如此，不禁失望——花盘不大，花瓣不艳，植株亦少，东开一两朵，西开一两朵。可是很奇怪，周围朵朵牡丹朵大花鲜，游人如织争相探看，它们只是静静开在这个万花园里面，却愈看愈让人不敢轻慢。

因为它们开得静。胡兰成在《今生今世》开篇便说"桃花难画，因要画得它静"。顾恺之又说"画手挥五弦易，画目送归鸿难"，也因前者是动，后者是静。人亦如花花如人，心动易，静心难。

深山古寺斜阳，一僧独卧眠床，那种静不算真的静，若是所有美女都在争奇斗艳，描眉画鬓，施脂抹红，却有那么一位两位，朴衣素颜，静立在灯火阑珊处，仿似身边的繁华热闹统统与我无干，这样的静，才是真的。

这，大概就是姚黄、魏紫有资格称为花王、花后的原因。

后来去白马寺看牡丹，这个感觉越发得到印证。

白马寺里的牡丹也多，却是原生，不曾嫁接，安本固生，是以开得并不夸张。人潮汹涌，它们却自顾自地静静开、静静谢，树下一片凋谢的花片，厚厚一层。姚黄与魏紫在这里也开得更静、更舒展、更从容。飘逸和紫罗兰和种种异色的郁金香，放在别处亮眼动心，在此处却只宜陪衬。佛祖拈花微笑，未必只肯拈一朵静莲。世间诸花，岂非皆有佛性。

不过遗憾的是白马寺古建筑多已无存，新建的屋舍楼宇还没来得及在光阴里浸润，是以处处是粗浮的新。

午后去龙门石窟，那大大小小的佛像被巧手的工匠从石头里一一解放，在石壁上或合掌、或闭目、或狞厉、或从容，或二人对站、或一人端坐、或有人随侍、或独自清修，或高有数丈、或矮不足三寸，间或有断头、缺掌、衣褶打烂、面目不清，不过还好，毕竟没有被光阴、贪心和暴戾一扫而光，留待这里与众人相见——原来佛与你我，竟如此有缘。

自此知道，古时候是真的能够诞生"即心即佛"的伟大人物的，是真的有人为了求得真理不惜断臂立雪的，这些都是真的，有这里的大大小小的佛、菩萨、力士、金刚为证，有这里的卢舍那大佛为证。那样柔软流畅的衣褶，那样恬静从容的面容，那样悲悯沉静的气息，那样的不悲、不喜、不怒、不嗔、不思、不虑、不忧、不惧，那是怎样的一张脸。

世间花如佛，尘外佛如花。

独一无二的花

　　读《圣经》，上面说："爱你的邻人，就像爱你自己。"

　　心存疑虑，为什么不能说："爱自己，就像爱你的邻人？"

　　朋友是虔诚的基督徒，最爱讲的故事是亚当和夏娃背负原罪流放茫茫大地，需要汗流满面才能养活自己。最常说的一句话是："神啊，请宽免我们的罪。"

　　所以，我们面临的最大难题，不是对自己太爱，而是过于苛待。

　　食荤是罪、溺色是罪、肥胖是罪、矮小是罪、残疾是罪、口出狂言是罪、展望未来是罪、爱金钱是罪、爱官位是罪、饮酒是罪、作乐是罪、骄傲是罪，甚至女人生子受的痛苦亦是罪。所以要清净、要断荤、要戒色，勿贪吃、勿滥言，要超尘、要无欲、要宽谅、要穿马毛衬衣、要谨小而慎微。因为我们不完美。

完美，就是流云在它该在的位置，每一花一叶都在它该在的位置，每个人都做着它该做的事，每一个表情的绽放都无懈可击，一切一切，都循规蹈矩，像一朵极致美丽的假花，不再生长，无需栉风沐雨，安放在水晶盘里，漂亮，却没有香气。

这样的完美怎么可能会存在。

可是就算不完美，也不妨碍我们骄傲地做自己。

就算不完美，也不妨碍我们谦虚地做自己。

骄傲，是因为我们活得过、死得值，对陷在泥渊里的人肯伸出手去，我们种出的粮食，不单是为了自己吃。

谦虚，是因为我们藉着帮助别人，实际上却帮助了自己。我家的猫，挠坏了我的沙发，挠破了我的脸颊。先生说它的命好，被我大雨之后捡回家，可是我倒觉得被成全的是我不是它。透过它我看见自己的善念开成花。

是以没有自我牺牲这回事。如果一个妈妈对孩子说："我为你放弃了我的一生。"这种说法无意义，因为母亲并没有那么多可以放弃的东西，而这个"放弃"给了她想要的一种生活范式。如果一个小孩说："我为我的父母放弃了我的生活，而一心的去照应他们。"这种说法亦无意义，他在"放弃"所谓的"自己的生活"的时刻，却是获得了自己想要的生活。

所以爱别人不是伟大，爱自己亦非自私，人便是这样的口是心非，似是而非。

而面对这样的尴尬，我们需要一个公正的礼遇：接受自己，喜悦地做自己。越接受自己，越喜爱别人，否则只会在口头上发表赞美，心里的那张脸早已经嫉恨得铁青，口生利齿，要吞肉饮血。有的人既奸诈又愚蠢，既残暴又嗜血，既冷酷又阴狠，既短视又无能，而你也未必不是里面的一分子。你越喜悦地做自己，就越宽谅地待世界。

所以，面对你的上帝，请不要做这样的祈祷："我什么都不是，如果我做了任何善事，那是因为上帝的灵，是他赐予我大能与慈悲。"上帝通过你彰显它自己，是因为你的身上闪耀着神性的光辉。而你对自己的价值的否定，便是对他的价值的否定——上帝也不存在了。

一本书上说："腿会跑而跃过一片土地，它们本身不能诠释在它们脚下的实相。脚对被它们踩碎的蚂蚁并不觉察，它们可能感觉得到那些草或人行道或道路，但草的本身或蚂蚁的独特的个别感受却不为脚所知，而脚是卷入于它们自己的实相里，只关怀那些与它们作为脚有关系的东西。"

我们的视角就有这样局部和片面的尴尬。

即便如此，每个人也是开在宇宙间的独一无二的花。

所以，不要轻信上帝、牧师、神父、大师、科学家、心理学家、朋友、家人的话——如果他告诉你，你是邪恶的，或是有罪；如果他告诉你，必须做些什么去赎罪，比如苦修，比如奉献，比如对自己大加贬斥，比如对命运俯首低眉。

人生是你的，去爱你自己，就像一棵树爱它绽放的每一片花叶，因为每片花叶都笼罩着神性的光辉——世界、宇宙、茫茫天际，无处不在。

过这样一种生活

过这样一种生活：摆脱激情和欲望，心灵冷静而达观。痛苦和不安只从内心生发出来，也只从心灵深处消除，而消除它们最初也许要用一年，用数个月，渐渐只用几天，甚至是一天，几个时辰，甚至痛苦和不安一经生发，即告消散，就像水滴落进炽热的火炭。

过这样一种生活：既坚持劳作，又退隐心灵，保持精神一隅的宁静。让思想严肃、庄重而纯真，让生命甜美、忧郁和高贵。学会沉默，因为没有太多闲暇。学会尽义务，爱孩子，爱爱人，爱父母，爱他们甚过爱那些所谓紧迫的事务。既不被别人左右，也不去左右别人。

过这样一种生活：不奇怪，不惊骇，不匆忙，不拖延，不困惑，不沮丧。不用笑声掩饰焦虑，对幸运的事情不推辞，不炫耀，毫不做作地享受，失去也不渴求。

过这样一种生活：一日之始，即意味着将会遇见好管闲事的人、忘恩负义的人、傲慢的人、欺诈的人、嫉妒的人、孤僻的人，但是，不要恨，要怜悯，因为他们知道善恶而无力选择善，知道美丑而不觉己身丑。

过这样一种生活：每时每刻都要思考，以摆脱别人的思想，也不把幸福寄予别的灵魂。不去注意别人心里在想什么，像往泥里钻的葡萄根，而注意自己心里在想什么。不让自己的心声寂寞地说出来，又寂寞地消散，要听得懂你的灵魂在唱歌。

过这样一种生活：不因为想得到，所以去伤害，因为因欲望而引发的罪恶比因失去而引发的罪恶更罪恶。

过这样一种生活：不摧残灵魂，不脱离本性，不因为被排斥和被攻击而愤怒，不过于欢乐和痛苦，不言行不真诚，不做事不加思考。

过这样一种生活：不怕死，因为死合乎本性，所以死不是罪恶。怕生命消散之前，对事物的观照和独有的理解如雪冰消。

过这样一种生活：尊重自然，花正开放，果实腐烂之后却留香，谷穗低垂，猫跳跃，小鱼在水里游动。尊重自然会使心灵愉悦。

过这样一种生活：不因装得有学问而丧失自己的思想，不喋喋不休和忙忙碌碌，让嘴巴空闲下来，身体如何有可能的话，也不必转动得像陀螺。

过这样一种生活：知道安宁不是别人给的，知道没人可以随心所欲，知道被称赞，被仰望，被逢迎，不等于被接受，被喜爱，被尊敬。既然被接受、被喜爱、被尊敬都比不过心灵的自足重要，那么被称赞、被仰望、被逢迎，更没什么大不了，被仇视、被轻蔑、被诋毁，更没什么大不了。

过这样一种生活：保有野心，妄想保持完整的灵魂。没有奴性，没有诈伪，不太紧密地束缚和被束缚，又不太疏离地分离和被分离。心灵的磨炼好比在树身上揭皮，心灵的净化好比在血里提纯，两者既痛苦又必要。

过这样一种生活：尊重自己的意见和看法，尊重自己产生意见和看法的能力，也尊重别人产生意见和看法的能力，只要它从心而发。

过这样一种生活：保持心灵的圣洁和纯净，仿佛你从宇宙间借来一块黄金，最终还要原样奉还。

过这样一种生活：抓紧今日起所有的日子，不游荡，不枉费，现在就读以后想要读的书，因为怕到了晚年就没有了精力，记忆力也会衰退。自己帮助自己，不把希望维系在他人，就像不拿细缆绳牵住一叶扁舟，怕风大雨大，会把它刮走。

过这样一种生活：别人的调情不要理，因为他们对一千个人说同样的话，却努力让你觉得你是唯一的那一个。

过这样一种生活：隐退。不是从城市隐退到乡村，不是从广厦隐退到茅居，山林海滨之地也不是隐退的目的，隐退是为得宁静，而宁静不过是心灵的井然有序。

过这样一种生活：有人赞扬你，看看他是什么样的人，看看他对你的赞扬是多么的狭隘，然后让你的心灵安静下来。时间无尽，你和赞扬你的人却马上就要消失，想到这里，有什么好得意？

过这样一种生活：有人伤害了你，把"我受到伤害"这个抱怨丢开，然后你会发现，伤害也不存在了。

过这样一种生活：像王者一样沉思。